［新疆，从这里出发］

新疆巴音布鲁克的九曲十八弯。

新疆伊犁的那拉提草原。绿似乎无边无际，走着走着，就心事全无。

新疆喀纳斯，中哈边境的山林和河流。

新疆喀纳斯，白哈巴村。

离开新疆之后，我常回北疆，却再也没有回过南疆。直到 2013 年秋天，我一个人走在白哈巴村的小路上，越走越恍惚，眼前的一切，让我有灵魂出窍时光倒转之感，那白杨，那蓝天白云，那种湿漉漉又清冷的空气，让我仿佛回到 30 年前的南疆。

我口袋里的星辰如沙砾

韩松落 著

北京出版集团公司
北京十月文艺出版社

序 / 安慰了人世间的艰难

成年之后看过一段安徒生和格林童话，喜欢安徒生的笔触，但是，格林童话里阴沉的氛围，冷硬的调性令我印象深刻，挥之不去。故事总是发生在森林中，巨树疯长，藤萝蔓延，光线映入是深绿色，如深海海底。孩子们或者迷路、或被贫穷的父母遗弃，手挽手走入密林，等待他们的除了猛兽，还有饥饿，还有要吃掉他们的巫婆。用成人的眼光来看，这哪里是童话，简直是纪实：出生时带着不幸烙印者，终生将被不幸追逐。你穷，你会更穷；你被父母（原生家庭）伤害，你将被巫婆（社会）更重地伤害；躲避厄运的狂奔，把你带至更糟厄运之中。

二〇〇七年，第一次看到韩松落的黑童话，让我想起格林童话，同样的冷硬心肠，同样的阴沉压抑。比起格林兄弟，黑童话的文字妖异华丽如云南密林中的毒蘑菇，斑斓到引起人的生理反感。边反感，边阅读，就像每年云南都有人死于毒蘑菇。当时有一个异性对我颇有好感，吃饭时我复述黑童话给他，他变了脸色：这些恶心的东西，你不要看。我在心里纵声大笑。那些心中只有“正常”情感、对未来的全部设想是爸爸妈妈爱宝贝的人类，在当时的我看来是多么可笑。他们假装黑暗不存在，恶不存在，他们的世界是二维的平面。我宁可待在毒蘑菇这一边，在黑暗之中。

韩松落的黑童话可能从未发表，这也正常，有哪家纸媒能容纳这样的污秽与阴郁。然后是《为了报仇看电影》《我们的她们》的出版，从二〇〇四年开始写专栏，写过三十多个专栏，作为大陆最重要的专栏作家之一，韩松落以这个身份出书并广为人知。

和专栏中他显露出的弓马娴熟的文字技巧不同，《我口袋里的星辰如沙砾》中的文字直白、暴烈、字字见血。这是……不要命的写法。这不可能是约稿，"那时候根本没有发表的渠道"。"那时候"，是一九九二年吗？因病休学的他在家度过备受煎熬的两年，终于获准重返学校时，"我改掉名字，重填履历，和少年时所有的朋友断绝往来，提着一口极为沉重的箱子，迎着秋天的、又大又红的落日狂奔回学校。"要理解那两年，就要理解他的命运本来是初中毕业进入母亲工作的商场做一个电器销售员，那年他十三岁；就要理解在有些年代、有的地方，要求上大学对家庭是一种伤害。"那时候"，是一九九六年吗？他成为一名养路工，"如果是运沙子或者石头，每天是十二拖拉机；如果是边沟，每天一百二十米；如果是油漆树干，每天是三公里。""就在那时，我重新开始写作。"

这是他实际意义上的第一本书。第一本书，往往还来不及掩饰，在之后的出版物里，他再也没有这么多地写自己、父亲、母亲，贫穷。这本书里，看得我最难受的，也是我认为韩松落最好的文字，是他写母亲，那里面有种噩梦一样的痛苦。大萧条中出生的作家、犹太裔作家，文字里都有这种痛苦，像刀切割骨头，不疼，只是难受，醒不了的难受。

但痛苦不是这本书的全部。韩松落的文笔，属性是秋天，总带着萧萧肃肃的秋凉，书写痛苦，但并不兜售悲惨，这让他笔下的痛苦保持着人类的高贵。写热点娱评，也不会走向嘈杂与狂欢，热点被他写成了悲凉，最繁华处最悲凉。

心理学领域的“创伤的代际传递”，指的是上一代的创伤会被传递到后代身上，集中营、大屠杀幸存者的孩子中求助于精神诊所的比例远比普通人高。而经历过三年大饥荒、十年“文革”的我们的父母，身上也分明有着幸存者的烙印，这烙印烙在基因里，通过一个个家庭，传递到下一代。

编辑同行中，韩松落的名字像传奇一样流传：他写得又好又快，从不拖稿，且常常作为救急作者，在一天内交稿，填补天窗。他有求必应，别人出书，求他写篇书评，他不但写了，还主动替你发在最好的报刊上。他救过许多场，帮过很多人，可自己出书时他很少张口，向那些他帮过的作家讨要一篇书评。被重创过的人，被命运拒绝过无数次的人，发誓不要再被拒绝，不被拒绝的唯一办法就是不要求。你能从很小的端倪中看出幸存者后代的印戳，他，我们。

一度，他的文笔变得犀利而尖刻。那几乎是必然的，聪明人从来容易尖刻。那大概是他漫长的生病期间，去医院看病的头一天，他会特地多写一篇专栏，把第二天的补出来。

艰难地——人世间的生活从来都是艰难，被不幸烙印过而又敏感的人生更加如此——在不同医院的病房中辗转写着专栏，艰难而缓慢地，他的文风发生了变化，尖利的嘲笑变成叹息，仿佛是挖穿黑暗之后，对人性有了更多认识，更深体谅。每有热点，各大娱评人发言看遍，再看到韩松落的总有新意、总能体恤，不由点头，“毕竟还是韩老师”。

如今的韩松落是一个进化后的结果，他并非一开始就写成这样，这件事情令人安慰。我们都曾在黑森林中跋涉，这本书看到第二遍，我看到的不再是一段县城青年的心灵挣扎史，而是一个人，一个人在被驱逐的命运中呐喊出了：我爱，我恨，我依然渴望。从贫瘠的土壤中长出来的文字，汲取所有黑暗，啪地绽放，这是人的光彩，这是文学的胜利。

被命运逐入黑暗却不停留于黑暗，凝望深渊而不被深渊吞噬的，是我敬佩的人。记录下这个过程的文字，安慰了人世间的艰难。

绿妖

二〇一七年二月

自序／我口袋里的星辰

同样的文章，在不同的年代读来，会有不同的心得和感触。十几年前读到刘慈欣小说《乡村教师》时，并没太多感触，十几年后再读，却魇在里面很久。这个故事最迷人的地方来自对照，这边是黄土高原上窑洞里的孩子，他们被患病的老师带着，摇着铅笔，一个字一个字地学习，那边是纵横宇宙的舰队和执政官，一场银河战争，毁灭的战舰以千万计，被引爆的超新星有两千多颗。窑洞孩童和星际联邦执政官的对照，村庄和宇宙的对照，让人心驰神往。这种对照的好，有美感上的，也有文明史意义上的，过去荒蛮，未来浩荡，两者互相映衬。

让我产生类似感触的，还有今敏的《千年女优》。女主人公生在一九二六年，在少女时代成为电影演员，从此，凭借电影穿行在各个时代，她忽而是二战中为爱人奔赴北方的少女，忽而是战国时代的公主，这一段，她是女忍者，下一段，她又成为艺伎，甚至消灭哥斯拉的女科学家，而在故事的最后，她乘上了宇宙飞船。这些角色，有对照也有隐蔽的进阶，既构成一部日本电影史，也是一部日本近现代史，更是一部个人史。

人生也大致如此，窑洞里握着秃头铅笔的少年，可能变成舰队上的司令官（对，我知道小说里的少年们并没有变成司令官），小镇街道上的少女，或许变成把地球抛在身后的宇航员。

当然，未必一定要把进入太空作为最高追求和叙事上的高潮，进入太空，只是为了对照更鲜明，也是一种象征——他们之前的努力并没有白费，秃头铅笔费力写下的一个个字，堆积成了一键消灭一个星球的武器，无数个农耕时代的少女，一个个接力，把我们推进宇宙时代。人生不是空中楼阁，需要漫长的堆积，堆积出它的体量，堆积出不可思议的结果。

这种对照，还是一种预言——最后，我们都得在更浩荡的世界里寻找归宿。

《乡村教师》和《千年女优》之所以让我心驰神往，是因为我慢慢体会到那种对照，那种浩荡之感。我的生活中，确有村落，也确有宇宙舰队，确有这样的卑微，也确有这样的无边开阔。

从南疆荒漠中的绿洲小城，到万里之外灯火通明的城市，从心智未开的少年，到什么都懂得的中年，回顾来时路，我常常有那种从窑洞走入飞船的恍惚之感，这种恍惚，并非来自人生境遇的变化，而是来自人和事的堆积，经验和心事的爆发式涌现。少年时的我，从没想到，仅仅半生，就会经历这么多人和事，就会有这么多感触，就会突然什么都明白，什么都懂得，甚至远远超出我的带宽输送能力，和我的硬盘存储能力。我被这些人和事推送着，升入我的宇宙。

这些人和事，在别人那里，可能极其微小，微小到近乎虚无，在我这里，可能大于一个星球，可能小于一个沙砾，却都有各自的分量，不会被轻易忽略。这些人和事，经过时间的干扰，渐渐真假难辨，或许白马本是黑马，腊梅本是杏花，星球本是沙砾，沙砾本是星球，到如今，只是一片漫漶的颜色和气味，但我依旧珍惜护持。我之所以成为我，不过是因为这些星球或者沙砾。我手捧这些往事，作为和失散的过往时光相认的信物。

新疆策勒通往于田的那条公路上，秋天的白杨树，碧空下静静坠地的金叶；夏官营小镇外的荒原，被落日和晚霞染成血红的峡谷和荒滩，芨芨草割破透明的狂风，发出细微的呼啸；兰州的家里，那个朝西的阳台，阳台外漠漠的山林，一年四季，鸦群在林子上空聚成黑色的、不断变换形状的点阵；青海腹地的小镇，夏天暴雨后，落日的金光突然穿破云层，照亮寺庙前的小广场，广场上的僧侣和孩童，被那道金光镇住，静了一静，像海水被划破了一个口子，随即又恢复喧闹；在山中那座军营改成的旅馆里，凌晨五点醒来，窗外的蓝天和白花，被微光染上淡淡的蓝紫。

我把它们写下来了，还将继续写下去。写，就像为星球和沙砾做上标记，徒劳无功，但又非如此不可。我得紧握我的故事，那是我的神明，我得记住我的感受，那是我的宇宙。在星辰之间，藏着每个人的一生。

谢谢杨晓燕老师、薛芊老师为这本书付出的辛劳，谢谢绿妖的序。谢谢我们的星辰和沙砾。

韩松落

二〇一七年二月

目录

第三辑　青春即故乡　081

第四辑　万般喜乐，纷至沓来　145

第一辑

我曾在新疆有一片旷野

沙漠长河

在我们到达那里之前，那条河已经流淌了许多年。

那条河，那条以它流经的地方为名的于田河，发源于昆仑山，是无数溪流、瀑布汇集的结果。汇成这样的一条河，需要巨大的耐心、惊人的巧合，更要忍受巨大的消耗。这一切巧合都发生了，一切消耗都被忍受了，才有了这样一条河。

在玉门关以西的土地上，有着无数这样的河流。它们有的只需一步就足以跨越，有的从源头到最终干涸的地方，只有几里之遥。但因为它们经受的寂寞的深重，它们所做的努力的艰辛，它们也足以赢得敬意和感动，它们都配得上称为长河。

它们总是在春天泛滥，在秋天暴涨，在冬天枯涸断流，它们为所流经的地方带来了冰雪融水、肥沃的泥沙、植物的种籽以及动物的尸体；在它们流经的地方出现了节节草、芦苇，出现了红柳林、沙枣林、核桃树林，后来又出现了良田、居民，出现了每到礼拜日就熙熙攘攘的集市。

我的父辈是在河流两岸栽下核桃树、在盐碱地上种出小麦的人。他们来自甘肃、山东、河南或是上海。他们说着“到那边去，那边有地种，有粮食吃”，招呼着叔伯兄弟，坐上了拖拉机、大卡车和冒着长烟的火车往西走。在玉门他们看见了堆积如山的金刚砂矿石在阳光下闪亮，在以后的漫长的、夜以继日的跋涉中，他们看见了更多的奇异景象，他们看见了阿克苏的红色紫色和绿色的山，比心灵所能承受的最亲近的距离还要近的玻璃似的星空，看见了野黄羊群像汹涌的朝霞一样在落日下的戈壁上奔跑。

他们忍受了一条河流所能忍受的消耗。在火车的闷罐车厢里，有人带来了传染病，有人病死了，就埋在沙漠里；有人偷走了别人小心携带着的全部积蓄；有人打架，有人受伤了；有人和别人有了私情，约好了火车一到站就逃走。在和田，他们遇上了地震，所有怀着巨大希望的垦荒者都睡在了草棚里，疾病还在蔓延，草棚失火了，有的人失去了骨肉至亲。而当卡车到了终点时，谁也没有留在车上，他们纷纷跳下车厢，抓起一把发硬的、白花花的盐碱土，仔细地端详。

在他们之前，还有那些王震的垦荒战士。那些到过南方和北方，最终由儿女把报丧的家书寄回东北、寄回平原的战士。他们为节省仅有的一身衣服，在劳动时赤裸着身子。几万、十几万个男子，赤裸着，像一块块黑色的金子，散发着胶质的光芒。几万、几十万个男子的身体，像道黄色的洪流。

男人在三十岁就显得苍老，孩子在拼命长大。棉花田、苜蓿地全都望不到边。沙枣林里的沙枣，全都落在地上，无人捡拾。所有走上几天几夜也到不了头的宽而硬的白土路，全都是脚踩实的。如果想见到沙漠必须走上一百里路，想打到黄羊，就得带上帐篷。即使是一年一版的地图，也来不及写上所有新出现的村落、镇子，那些音节优美的地名，如果翻译过来，本应是“野狼出没之地”“飞鸟坠落之地”“大风口”，候鸟飞去南方，再飞回来，就找不到自己的沼泽。

于田河、策勒河，所有的长河，即使是离开以后，即使是在万里之外的大城市，我还是能听得见它们的水声，嗅得见它们的气息。甚而不用闭上眼睛，甚而不用追忆。我，我们由于田迁回内地的十三口人，我们知道有另一种生活，另一种召唤。

而那于田河呢，是不是还在皓月笼照的大漠里日夜不停地流淌，每到春天就有巨大的冰块在河中拥挤着？那河边的红柳林、芦苇滩，是不是还在依序生长着？草地上的男人是不是还在歌唱？每到秋天，无边的草都会变成枯黄，来了风，就随风起伏着，像银白的浪，而每到夜里，远远近近，都是野火明灭？

而我那于田河边的家呢？园子里长满青草了吧？葡萄架倒了吧？野鸟，在房梁间，做着巢了吧？

在大风的天气去草地

我们动身的时候已经是黄昏，天气开始凉爽起来，走起路来格外轻快，所以，没费多少时间，我们就走到了河边的草地上。芦苇、泽泻、蒜瓣子草，密密地生长在河边湿润的土地上，棵棵都是叶片宽大，梗茎粗壮，这在别处可真不多见，在草丛里，间或有白柳点缀其间，却并不显得高大，唯有野菊和石蒜兰的花朵，在这重重叠叠的深绿之中，反倒显得异常醒目。

我们伸出双手，分开大片大片的草，并且尽量把这些草折倒，以便让走在后面的人可以顺利地通过，没过多久，我们每个人的手臂上都布满了被锋利的叶片割出的伤口，伤口被汗水浸润，隐隐作痛。沾了露水和湿气的草叶不时地贴到我们身上，而后又被拖离开来，小蛾子也在乱飞乱撞——那是暴雨将至的前兆，我们也确实感到空中饱含水汽，衣服下摆也潮湿起来，灰黑色的、饱满的云不时地从天地交接之处涌出来。

我们已经忘了是谁提议要在这个时候到河里去，到河里去做什么，是游泳、捕鱼，还是为了别的？这些我们都已经忘记了，只是一旦有人提出来了，马上就得到了我们默默的响应。就是这样，我们也不知道为什么要到河里去，有段时间不去，身体里的某个地方就充满了渴望，是那种隐隐地从什么地方发芽，然后蔓延到全身的渴望。把全身浸在冰凉的河水里，感受到河水被身体穿拂开来，那种感觉，的确没有什么可以替代。

要不了多久，我们就看见那个河中的岛了，那个岛，平时我们只是在天气晴好的时候从屋顶上看见，它长满了整齐的芦苇，夏末秋初的时候，就被芦苇青碧的叶子和朱红的花穗所覆盖。有时落日就坠在岛的上方，像一块水胭脂，只中间的一块透着薄，透着亮，那时应该有一只鹤飞过去的，缓缓地拍着翅膀，也并不凄清地叫，可是我们等了一年又一年，也没有看到过这样的景象。但是落日下面总应该有一只鹤，或者别的什么鸟飞过去。

暴雨就在那时候来了，一阵凉风把我们全身的汗水都吹得冰凉之后，雨点粗暴地砸在我们身上，非常有力量，我们停在河边的柳树下，雨水并没有减少，只是，大的雨点被柳树的枝条阻挡了，并减轻了下坠的力量。我们站在那里，看见狂风卷过我们刚才经过的草地，被风吹得翻卷、或者塌陷的草丛，呈现出一种难得一见的银白色光泽，只要大风所到之处，都会出现这种银白色的光芒，风暂时没有吹到的地方，还保持着那种深绿。

银白、深绿、浅绿，这些颜色，被暴雨天特有的不知来自何处的白亮的光线照耀着，非常醒神，而草地背后的天空，却分明是黑云沉沉，这让眼前的光亮更加夺目，这种光线的对比，似乎有点不合常理，但是出现在这里，却是再也自然不过。每个人都被一种少有的、彻底的清醒穿透了，都不得不把眼前的情景深深记在心里。多年之后，我读到了阮籍的一首诗，这首诗让我觉得最亲切的地方，是因为它所写的，正是我们在草地上所看到的这种景象，我把这首诗，也深深记在心里：

徘徊蓬池上，还顾望大梁。
绿水扬洪波，旷野莽茫茫。
走兽交横驰，飞鸟相随翔。
是时鹑火中，日月正相望。
朔风厉严寒，阴气下微霜。
羁旅无俦匹，俛仰怀哀伤。
小人计其功，君子道其常。
岂惜终憔悴，咏言著斯章。

那个时候，我们站在河边的柳树下，没有一个人读过这首诗，我们只是专心地在等着暴雨过去，而它也和我们所预料的那样，在我们开始沮丧、开始感觉到寒冷之前，及时地结束了，像它来的时候那样突然。眼前似乎什么也没发生过，紫红的落日又一次悬挂在岛的上方，把河水染得通红，靠近落日的云彩，有种被灼烧过的痕迹。

我们都兴奋起来，向着岛的方向奔跑过去，边走边把身上的衣服甩掉，或者挣脱掉，到了岸边的时候，他们身上只剩下军绿色的短裤，很快，他们弯下腰去，把这最后的遮盖也去掉了，一个接一个，他们三个深棕色的身体走下了河岸，而我照例是在河边收集他们的衣服，把它们整理好，时不时地抬起头来，看看他们的举动，一种暂时被遗弃的空洞感，以及被他们共同涉过河流而带来的亲密所搅起的忌妒混合在了一起，但是这些感觉都太轻微了，不足以提起。在岸边，他们蹲下，先撩起河水擦拭身体，随后，走进河流，让河水在流经他们身体的地方漾出细细的波纹和小的旋涡。

游到岛上要不了太多时间，但就是这么一点时间，落日也快要沉下去了，水边的青蛙和草丛里的虫子，开始没命地叫起来，瞬间就像是晚上了，清凉顿至。他们三个人已经走到了岛上，身体在这光线里沉甸甸的，只在身体的边缘有点漫湮的光，这光让他们身体的边线消失了。

他们走在岛上的浅草地上，开始有点小心翼翼，也许是还没有适应脚底下那些短短的草，很快，他们确定这草对他们的身体没有什么伤害，就恢复了他们在地上的自如，和那种我永远也不会忘记的男子气，手臂也甩得很开，似乎他们一生下来，就行走在一无阻拦的空旷大地上。

在靠近芦苇丛的地方，他们站住了，三个人围在了一起，似乎是把一件东西，或者一个话题围在了中间，围在了我这个遥远的旁观者目不能及的地方，也许只是某个人的手受了伤，使他们都呈现出一种伸手到胸前的姿态？落日最后的光线在他们身后，给他们的姿态赋予神圣的意味。他们更像是在祷告，一刹那的光线、姿态、偶发的事件促成了这一切，促成了眼前这种祷告般的静默。很快，他们就散开了，并消失在落日沉没后黑绿色的芦苇丛里，芦苇的穗子摇动着，提示着他们最后消失的方位。

女疯子简买丽

有天深夜，我和朋友们聊天，有人提议，每个人都来说说自己见过的疯子吧。我立刻想起了一个名字：简买丽。

简买丽是我见过的第一个疯子，但她其实不是疯子，她只是决定要疯掉。我有生以来见到的第一个疯子，是个决定让自己疯掉的人。以至于让我在此后多少年里，面对疯子，并无痛惜，我想，他们只是决定要疯掉。

那个时候，我们住在于田劳改农场，那里收留犯有各种罪行的人，这些罪行中的大多数，在今天简直不值一提，砍树，偷粮食，说错话，一旦被抓住，都会被送到那里，送到那个沙漠绿洲中的劳改农场里，谁也别想逃出去。

简买丽来自上海，剑桥大学毕业，他们说，她来到这里接受劳教，是因为她打算偷渡出去和身在国外的丈夫相会——那个时候，劳改是有期限的，而劳教是没有期限的。有海外关系的简买丽，在刚来到于田劳改农场接受劳教的日子里，是清洁的、沉默的，默不作声地和别人一起劳动，但有一天，她突然决定要疯掉。

这些出自我三十年后的猜想：她一定用了很多时间来为自己要

扮演的角色制定剧本，她一定搜肠刮肚地让自己见过的所有疯子在眼前排着队一一经过，在夜里，这些疯子活色生香，犹如电影胶片，一格格地从她眼前拉过，他们嬉笑怒骂，清晰如昨。随后，她就像所有普通人做一件大事前所要做的那样，闭着眼，默念着口诀，纵身跳入她自己所设计的疯狂。

她一定先选择了自己要投入的疯狂的类型，那种类型应该是没有危险性的，被人嘲笑的，因而被人忽略的。然后，她是女人，她不能不想到服装的问题，包括，应该为这样的疯狂穿些什么衣服，做怎样的装扮。

她这样装扮自己，这是经典疯子的装扮：抹脏脸，让口水和眼泪在脸上留下痕迹，在头上扎满彩色的纸条和布条，在有花的季节，甚至扎上鲜花。衣服很脏——慢着，衣服变脏需要一个过程，应该和疯狂的进程紧紧相随，一点点变脏，但是在别人的叙述里，这个过程消失了，她刚一疯，人们就为她穿上了脏衣服。但是，当我侵入到她绝望、细致的策划中的时候，我发觉，她应该是想到了的，怎样让衣服变脏的过程更加合理一些。

没有人注意这个，她疯了，一切都理所应当，只有她，兢兢业业、殚精竭虑地操办着自己的疯狂。

接下来，她出现在每一个垃圾堆之中，一支木棍在她手里，她用木棍在垃圾堆中翻捡，被人丢弃的破布，烂鞋，报纸，她尽数收留。她整日和垃圾为伴，困倦了，就睡在房檐下，树荫里。孩子们，毫无疑问，会向她丢石子，吐唾沫。我是不是也向她丢过石子呢？或者土块，应该也丢过的吧。

终于，她以疯狂的形象，进入了于田农场的日常语汇。如果一个人穿着不够整洁，或者头发凌乱，别人就会嘲笑他："简直跟简买丽一样。"如果一个人提着一个棍子，别人也会嘲笑："跟简买丽一样。"一个人，说话不着三两，人们也说："跟简买丽一样。"这些话语，在田间，在地头，在屋子里被人们熟练地使用，每次都会惹得大家发笑。连孩子们也学会了"跟简买丽一样"。在黄昏，有风的天气里，晚上临睡前，"跟简买丽一样"像所有进入了日常生活的语句一样，在空气中慢慢变弱、消失。

她就这样疯了十几年，一直到一九七八年年底，她在遍及农场的广播里听到了那个会议的消息。第二天，她不疯了，她穿戴整齐，到农场唯一的邮电所去，要求发一个电报，发到上海，发给她的家人。她表情严肃地写下了她的电报内容。她的电报内容，再过三十年也不会让人忘记，因为只有三个字："快快快"。

对她的装疯，农场的人都有疑问，这个疑问，和于田劳改农场的环境有关。农场距离最近的县城也有好几百里，这几百里，全部是沙漠、戈壁。如果没有车，没有人能够活着走完这几百里。有人试过，他逃走了，最后，在他渴死之前，他被找回来了。

所以，监狱虽然在那里，在农场偏僻的一角，巍然耸立，貌似庄严，却只是一个象征，所有的犯人都可以随处走动，行动从未受限。他们散居各处，看守水闸、果园、菜地，白天，就在地里劳动。如果和管教干部相处得好，甚至可以和管教全家人一桌吃饭。区别只在于，当家里来了外人，指着菜园里那个干活干得很起劲的男人或者女人，问起他或者她的来历时，会得到主人讪讪的回答："是犯人。"

再来说说我们的农场。我们的农场，被河流、苜蓿地、果园、葡萄园、麦子地环绕，再远一点，是芦苇荡、森林、草地。夏天，苜蓿地里尽是白色的、紫色的花，秋天，葡萄园晶莹剔透。在那里，是做一个囚犯，而且是自由的囚犯，似乎并没什么不好。但简买丽决定要疯掉。苜蓿地里白色紫色的花，也不能阻止她的决定，她决定要疯掉。

三十年了，农场的人已经不再探究她装疯的原因了，我却有了答案。形式上的自由，也还不是自由，她要以一种属于她的方式，去获得真正的自由，去护住她的内心，以及全部的尊严。即便，这种方式本身，是貌似没有尊严的，但她始终有自己的底牌，她掌握着秘匙：眼前这一切，是假的，是她营造的幻境。她以主动进入幻境的方式，去嘲笑另一个幻境。

——这是个幻境。

再回到开头的那个晚上吧，终于轮到我了，该我说自己见过的疯子了，我喃喃地、艰难地寻找着措辞，开始说了："我见过的第一个疯子叫简买丽，但她其实不是疯子，她只是决定要疯掉。"

童年提灯而来

草香

每到割过草以后的那些日子，我们就会闻到浓浓的草香，说是香味似乎也不恰当，因为它带些苦味，还有些凉意，然而在我看来，再没有比草更香的东西了 。

草割过了，原先被遮掩着的地方是一览无余了，闪着亮光的水泊、树桩，藏在草丛里的一棵开着白花的野栗子树，还有那些枯草盘成的鸟窝，它们的主人在割草的时候就惊叫着拍着翅膀飞走了，留下孤零零的它们，有些凄凉。但那草香是无处不在的啊，它让这一切都显得生气勃勃，让人心醉神迷。

我任性地整天开着窗子，就是晚上也不例外，那草香就会被凉风送进来，闻着闻着，我也就睡着了。然而第二天醒来，我就会发现窗子是关着的，那就是说，小舅夜里来过了，他替我关了窗子，或许还捡起了掉在地上的皮大衣，重新盖在我的被子上，或许还俯身长久地注视着我，而这些我全不知道。

然而这草香会留存许多天，那些天里我就把整天的光阴耗在窗子前和草地里。我会捡起一截枯树枝或小石子往草丛里乱丢，被打到的地方有时会飞起鸟儿来。我也会一遍遍地去抚弄那些草茬，手心被它们刷得痒酥酥的，草汁也会把我的手掌染得绿绿的，手纹也会清晰起来，像一些横七竖八的乱草，多乱呀！

晚上，我带着我的绿手掌睡到床上去，并且长久地不肯入睡。挟着草味的凉风从窗子里吹进来，小舅要来了！我预备等小舅去关窗子，就大声喊："我没睡！"然后用被子蒙上脸，只露出一双眼睛，月亮那时正在我窗外，月光照到我床头，我的眼睛里有月光，亮晶晶地。这样，小舅就不会走，坐在我的床边等我要求他讲些什么奇异的事，带草味的风吹进来，墙上映出一个模糊的影子，小舅要来啦！

第二天我们见面了，谁也不提头一天晚上的事。小舅会说："走路的时候不要东张西望！""你真是笨得要命！"或者"羊栏该修了，黑耳朵老是踢卷毛，该把它单另关着。"我总是满怀兴味地听着他的每一句话，而他总是不动声色。

只有在夜里，草味的风越来越浓，小舅进来关窗子的时候，我才会大声喊："我没睡！"然后用被子蒙住脸，只露出一双亮晶晶的眼睛，准备听些奇异的故事。我们一天天重复着这样的游戏，并且乐此不疲。

比喻

看到小舅挑着水走到门口了，我就从窗前翻起身来去开门。因为跑得太快，门打开了，我还喘着气，小舅是弯着腰的，他眉毛底下的眼睛瞪着我说:“跟土鲁昆一样。”土鲁昆可是街上的野孩子啊，常给人追着跑，喘着气。

小舅就是这样来描述一个人的，总是说 :“跟谁谁谁一样。”当他从你身上发现了某种他不喜欢的，不够从容和体面的东西，他就会说你“跟谁谁谁一样”。他总是能找出一个与你有着相似之点的人，而听的人也会知道这些相似之点是什么。他总是这样眼光敏锐，所做的比喻也总是令人发笑，尽管他每次都不改变这个句式，只是改变里面的人名，依旧令人发笑。

如果你说话太多，小舅就会说你 :“跟王二喜的妈一样”。王二喜的妈在这里是多嘴老太婆的代表，农场的人很少有人像她那样成天无事可做的。如果你穿着不够整洁，小舅就会说“跟简买丽一样”。——那可是个疯女人啊，头上扎着五颜六色的毛线，手里举着一支木棒，在垃圾里翻来翻去。

人们总是引诱小舅来做出他的比喻，因为那是多么令人发笑啊。在灯下，在炉火旁，那是我们经常的娱乐。可小舅如果发现了你是有意引导他拿出这项绝活来，他就会躲闪着，看你心急。小舅是多么机敏啊。

有时候我会跟着他到涝坝边去，看他挑水，回去的时候，手里举着一大把在涝坝边采的灯笼草跟在他后面。到了门前，我依然喘着气跑去为他开门，他眉毛底下的眼睛瞪着我说 :“跟阿番江一样”。阿番江也是街上的野孩子啊！可是我一点也不生气，我不能想象若是没有我开门，挑水回来的小舅会是多么费力——也是多么孤单！就像是菜园的篱笆上，少了缠啊缠的牵牛花。

露天电影

农场场部要放露天电影的消息总是不到黄昏就传遍了各个角落。人们隔着大老远就高声招呼着："看电影去啊！"这样一来，原本不知道的人也知道了。到了黄昏，人们快快地吃了饭，提着小凳子就出了门。

先要走上一段长长的白土路，路右边是河，路左边是苜蓿地，人们走过去了，手里多半攥着一两枝紫色的白色的苜蓿花。我的一枝是小舅给采的，花最多，花梗子也比别人的长。白土路到了头，再向左一拐，就走到石子路上了。路边有一家小商店，男人们多半会停下来买纸烟或莫合烟，再往前走，路上就星星点点闪起火光来了。石子路两边是白杨树，很神气地排着队，像士兵一样，月亮又白又亮，从树后一路检阅过去。我牵着小舅的手，只管仰头走路，月亮也不看我，仿佛比夜里我从窗子里看见的要严肃呢。

有白杨树的石子路到了头，场部也就到了。一大块白布挂在空地当中，再有一架放映机，就是我们的电影院了。放映员是个黑瘦的男人，胡子拉碴的，耳朵上夹着别人敬的烟，看起来蛮神气的。我转身对小舅说："我长大要放电影。"小舅一边照料着让我坐下，一边没有一点表情地说："你原先不是要当军人的吗？"我生着气了，也不理小舅，还把头偏到一边去。可是电影一开始，我就又忘了要多生一会儿气，拉着小舅不让他讲话了，可是别人还是在吵着，我急得不得了，东张西望地，看看是谁还在吵着。

电影上有个男子在劈着柴，劈得可吃力了，一点也不像小舅那样麻利，却有个扎着大辫子的姑娘给那男子送上一块毛巾，那男人笑得怪不好意思的。我看看小舅，小舅也在笑，我也就跟着笑。后来又是一个外国电影，是黑白的，好多人又唱又跳，我就睡着了。

每次都是这样。小舅早准备好了厚衣服，紧紧裹着我，背我回去。其实一路上的事我都知道。包括那在白天被太阳晒得燥热的干草垛的气味，还有几个半大的孩子学唱电影里的歌，还有白杨树后的月亮，这一切我全知道。

回去了，我也就醒了，缠着小舅，要他讲我没看到的情节。

不过，现在，我回不去了，除非是在睡着的时候，在梦里，我们又在看着露天电影了。那条长长的白土路，紫的白的苜蓿花，摇着它们小小的花球，还有月亮，还有大自然的轻微的震动，还有在小舅背上度过的时光，和小舅讲电影故事时候，月亮把窗格的影子投到床上——这一些都久久地令人怀念。

古堡幽灵

又是在看露天电影的时候，我又睡着了。

电影叫作《古堡幽灵》，讲的是一个大楼里住了好多鬼，后来人们要把楼拆掉，楼拆掉鬼可就没地方住啦！所以鬼就一个个地出来了，盆子罐子就在半空中飞，床自个儿动来动去。

我还是睡着了。

再醒来的时候，已经在家里了，小舅正把我往床上放。

我睁开眼睛，知道电影已经演完了，急得不得了，就问："《古堡幽灵》最后咋了？"

小舅觉得很可笑，也不回答，故意学我："《古堡幽灵》最后咋了？"

我缠着他要他讲后面的故事，仿佛那些我没看到的部分就特别精彩。

讲着讲着，我就又睡着了。

第二天，我发觉自己还是没有听到最后的结局，就又问："《古堡幽灵》最后咋了？"

小舅又笑了，又学我一遍。随后，他把我看电影睡着的事，还有我的问话，一次次地学给姥姥、姥爷、小姨、隔壁姗姗家。要不了多久，农场的人都知道我看电影睡着了，还问傻话。姥姥就说他："不许再学大刚！"可他再学的时候，姥姥还是一样地笑着。

可恶的小舅！都过了好多天了，他也不肯忘了，时不时问我一句："《古堡幽灵》最后咋了？"在饭桌上，菜园子里，早晨有雾的小路上，他会猛地想起这句话来，看起来脸是朝着别人笑着，说的却是："《古堡幽灵》最后咋了？"这一句话快说完的时候，他又猛地把头调过来，看着我，笑着说完。我追着打他，他跑得快，也不给人打。

再不就是在葡萄架子下，摘黄瓜的时候，或者晚上数鸽子的时候，他冷不丁地就说出这一句来。周围的人就全笑了。

他四十岁的时候，我二十八了，我们是在离农场很远很远的城市里，有多远？一万里也有了！他的女儿快要上小学了，离婚以后又生的双胞胎也满月了。有一天，他还是突然笑着问我："《古堡幽灵》最后咋了？"

安度

安度是一个魁梧的人呢！也像所有魁梧的人一样好胃口、大嗓门，他站在自家门口说话，非常有气度地指挥他的四个儿子干活，那简直像是在指挥全农场的人，那好像是说：看，我生命的印迹简直有一大串！而且他们个个身体强壮，皮肤棕黑，我应该为此骄傲。

他老斜叼着一根纸烟，卷烟的是报纸，上面印着：考察队登上南极。但那是很遥远的事，完全可以不管。燃着的烟丝一点点烧掉了“极”字，又烧掉了“南”字，烧到被他口水润湿的那一截，就停住了。他就拿下那烟嘴来，丢到地上，再用脚揉搓着去踩，丢的时候看也不看，踩的时候也不看，却准准地一脚踩上去，看，它敢掉到别的地方去吗？

就是这么一个人，看到我的时候，却会咧开嘴傻笑起来，用两只手指来捏我的鼻子。像捏白杨树上的一个小虫子一样，我把他的手拨开，瞪着他，他就跟小舅说：“这小东西，和他爹一样，南方人！”

老穿着一件坦克装一样的灰上衣，蓝裤子，笨重的大皮鞋。

就是这么一个人。要吃核桃了，也不砸，用手一捏，就给捏破了；要去放水了，裹一件皮大衣，在水渠边坐着就睡得着；腿上破了口子，血流着，就扯一束青草，揉成一团，随便一擦。

他在这么不够精致的生活里也随心所欲地活下来了，冬天在草场上放火，春天在荒地上开田，都少不了他。他是这么自然而然地依赖着大地，想要怎么样就怎么样，对土地是想也不想就毫无保留地相信了：你是我的，我也是你的。这样简单教人感动。所以谁也想不到他会给一场病打倒了。

他被送到场部医院去的时候，正是黄昏，他平平地躺在一辆板车上，盖着一床花被子，他的女人拉着车，后面拖拖拉拉地跟着四个黑小子。说是多半年前，下树的时候磕着了腿，也没在意，又淋了一场雨，痛了几天，也就又下地了，但那病就在骨头里生了根，慢慢就到了全身。再拉回来也是黄昏，还是平平地躺着。村子里起了一阵不大不小的骚动。他的女人也不说话，咬着下嘴唇，拉着车只顾走。

那天晚上农场里好多人聚在他家里，夜深了，家家都不点灯，只往他家的方向看。一个女人忽然撕心裂肺地哭叫起来。我一个人在门槛上坐着，坐也坐不住，站也站不起来，胸口拧着，简直恶心起来。

天亮的时候我也去看了，安度在他家的屋子中间躺着，我从来没见过一个人的脸可以这样白，屋里光线昏暗，人多气浊，可他的脸像浮在屋子里一样，月亮浮在夜里的河上，就是那景象。

那些天里，小舅不许我上树了，也不准我碰芦苇，说是有人给芦苇割了手，也很是发了一阵子烧。可是小舅还要砍回大丛的芦苇晒干，因为，我们烧的，盖羊棚的，都是这青翠的芦苇啊。我惊恐地站在一边，看着小舅搬动、摊开那些芦苇，它们欢快地沙沙作响，清脆得像少女们欢笑和歌唱的声音。

而安度已经不再有一丝一毫的担忧，大地最终接纳了他，在大地温柔的怀抱里他酣然入睡。在阳光明媚、蒲公英盛开的时节，他四处行走，面带微笑，嘴里叼着芦苇叶子卷的烟。

他就那样微笑着，好像他最有把握的就是，谁也不知道，他为什么微笑。

旷野在召唤

新疆南部，于田农场，我出生在那里，在一座建在旷野之中的屋子里，屋外是草原、森林、沼泽、湖泊，芦苇荡和溪流无数。

旷野每到春天就会野花盛开，一派庄严、欢欣景象，蒲公英，石蒜兰，春黄菊，紫云英，这些自不必说，就是红柳的花穗，也会久久地不枯不败。蒲公英要抽一支茎，就抽一支茎，要抽五支、六支茎，就抽五六支茎，要一起开花，就一起开花，要只开一朵，或者什么花都不开，谁也管不到。

就是蒲公英的茸毛，那也是想往哪里飞，就往哪里飞，有风托着。石蒜兰有白色的汁液，春黄菊有黄色的花粉，红柳花什么也没有，那谁也管不到。谁让太阳总是那么好啊。

我在旷野中长着，要赤着脚，就赤着，要在草丛里躺着，就躺着，草叶子自顾自地长着，不掩饰什么，风来了，就说话。

我渐渐懂得旷野之美：

开满紫色、白色花朵的枸杞子枝条向着溪水弯曲，在水面上划出细细的波纹；

春黄菊，羊角奶的花和它们不同的香气；

松林里松脂的味道；

久久凝视车前草叶子上的纹路；

风吹动碎叶白杨的叶子时的声音；

正午的阳光下，野蝇飞过，在长满浅草的高地上投下的阴影；

野麻雀站在芦苇枝上，把枝子压弯；

野果树的叶子在秋天变红，虫蛀的小孔有着黑色的边缘；

被砍倒的芦苇在捆扎时，青碧的叶子的抖动，和簌簌的声响；

在山岗上俯瞰，白色的房子，散落在长满青草的大地上；

越过一片芦苇荡，忽然展现在眼前的大河；

风雨来临前，沼地上湿重的空气，飞蛾的翅膀被水汽打湿，粘附在裸露的肌肤上和宽而硬的草叶上；

黄昏时候，从麦地返回的男人，被晒得黝黑，红色的背心，胸前和后背的汗湿；

月亮照着白花花的盐碱地，平屋顶，木头牛栏，和晾着一双黑布鞋的窗台；

睡在用香蒲充填的枕头上的那种绵软；

冬天，草地上的野火；

雪后的岑寂；

炉边的沉默；

还有，那种心灵上的沉寂和暗影，那种近似痛楚的欢乐。

这一切，都久久地令人怀念。

那些气味、音响、色彩和节奏已经汇入我的容颜、血液、言语之中，从不曾离去。我在人群中忽然忘记走路，我在凌晨两点惊醒，忘记自己是谁，细细从头追忆，二月的夜里，我想要奔出去的欲望，全和它有关。它始终潜伏着。在早春，车声喧哗的深夜，候车室，或是酒吧，会突然发作，像筑了巢的黑鸟，飞走了，还是会回来，缓缓地，无声地拍着翅膀，直直飞进胸膛。

我知道怎样回去，尽管有万里之遥。乘坐火车，在乌鲁木齐或是库尔勒下车，转乘长途汽车，五天五夜，到达和田，然后是短途汽车，三百里，到策勒，最后，搭乘军车，到于田。如果有人问，你是谁，就说，我是老郑的孙子，从口里回来。他们会说，都长这么大了。我曾这样回去过无数次。有一天，我还将回去，不需要火车，汽车，或是别的什么。回去，终日在旷野中漫步，在沼地上游荡，低地上的湿气湿不到我的衣服。

回去……

如果有忧伤，就让它化为雨露
但需是哀悼带来的银色忧伤，
让葱绿的林子在这里做梦，渴望
在我心中觉醒，倘若我重新复苏。
可是我将要安睡，我长出根系，
如同一棵树，那蓝色的岗陵
在我头顶酣睡，这也算死亡？我远行
紧抱着我的泥土自会让我呼吸。

第二辑

和田到兰州，浮生千山路

梨树下

那棵梨树是一九六六年被移进这个院子的，九年后，七五年，他出生。

它是一棵生长迟缓的树，所有关于种树的农事谚语在它身上统统没能应验，而它之所以没有被早早砍掉，是因为人们终于习惯了它的存在，当然，也不排除一点小小的好奇心。在前十四年当中，它经历了三次冰雹，一次火烧，还有一次，它差点被羊啃断。一九八一年，它开始开花，以后也还是每年开花，却从不结果。一九八二年，他七岁，它已经长到近四米高，春天的时候，花开得密不透风。

他家是在一九八〇年搬来这个小院的，那时他已然进入小学，他是个苍白、乖巧、听话的小男孩，从不和人打架。提前入学除了使他变得沉默寡言、信心不足之外，似乎没有更大的影响。然而它一开始就感觉到了：他是那种人，或者，终将变成那种人，一部分在这里，一部分不在这里。这种想法使它期望被他注意，一年后，它开了花。

在这期间，这个院子里发生了许多事，男女主人每隔三天必然爆发争吵，女主人进了医院，又生下一个男孩，男主人的侄女搬来和他们同住，他们的脾气越来越暴躁。小男孩进入二年级，开始记日记，写作文，第一次作文，他写了它，题目是《我家院子里的梨树》。他还会做出一些不属于这个年龄的事，比如，在旷野里独自游荡，对着坟墓说话，用一把铅笔刀试图自杀，还有，那种对父亲威严的惧怕，每当他听到门口传来父亲的脚步声，就开始紧张不安，试图找个地方躲起来。它在四米高处俯瞰着这一切，它知道这种威严的阴影将笼罩他一生，使他只可能爱上那些强健、专横、深不可测的事物。

一件突如其来的事改变了它和他的关系。那天夜里，他从外面回到家里，看见了它。它的枝条不再像平时那样服服帖帖，而是像通了电，像海中生物的触须在海水中摆荡一样，带着醉意，狂乱地伸张翕合，它的每一片叶子都在痉挛，每一朵花都在扭曲着脸嘶叫，天空中好像密布着旋涡，而旋涡的中心就是它，它看到了他，却不能自制，它知道他已经感受到了秋天的炯炯、清寒的气息，感应到了在清炯的荒野和幽深的山与海中间，有些事物在滋长，在酝酿，有些阴郁的力量，在逼视着灯火辉煌、浑然不觉的城市，他终将变成一个忧郁的人。

事实上，他所感受到的比它想到的还要多，首先是恐惧——那恐惧不是因为弟弟的出生，不是因为害怕失去爱，失去庇护，而是对于这棵梨树所代表的未知力量的恐惧，他的脸变得煞白，而后又变得青紫，呆立片刻之后，他踉踉跄跄地撞进屋子。随后，屋中的人一拥而出，来到树下查看，当然，他们一无所获，人们开始嘲笑这孩子胆小，没出息，看见树的黑影都会害怕，有人说老人常说孩子会看见些大人看不见的东西，但随即就被人否定了。那孩子站在人群里，眼睛格外明亮，他感受到了它的沉默所表达的蔑视：你告诉了他们，他们也不会相信，你带领了他们，他们也不会知道。

几天之后，屋子里一如既往地爆发出争吵，他被撵了出来，伴随着屋子里的吼叫："滚出去，再别回来！"他站在院子里，远远望着它。后来，他走过来，抱住它，把身子紧紧贴在它身上，把手指伸进每一道裂缝探寻。它以它的繁茂、强壮、深不可测赢得了他，征服了他。这样的争吵越来越多，他的拥抱也越来越熟练。

一九八四年，夏天，院子里开始有陌生人出入，他们要搬走了。秋天，它第一次结了果，只有一个，青红，发硬，最后落在树下的草丛里。他捡到了这个果子。冬天，他们离开。

十三年之后，九七年，他开始写作，却从未写过它，经历了生病，绝望，爱，他已经如它所愿，变成一个抑郁的人，他无法和人建立亲密的联系，无法通过通常的途径来了解人，除了拥抱，炯炯地睁着眼的拥抱，和永恒的、对隐秘爱情的饥饿感，他混迹在人群之中，努力地使自己不被发觉。

而它还停留在北方，停留在北极星炯炯照临的地方，饱含着汁液，在夜空下，在大地上招展。

他爱它，这隐秘的爱至死不渝。

捕梦者

“走，跟我拉石头去！”

“在哪？”

“沙漠里。”

七岁的时候，暑假的某一天，住在我家的小舅，开着他的卡车，拉着我，去策勒县城外的沙漠里拉石头。

走出县城，走过防风林，继续往前，直到县城变成天空下面一撮小小的墨绿色。一个小时后，车停在了沙漠里一片小小的绿洲外面。绿洲边上，有一条干掉的河，河床里满是鹅卵石。穿过河床，是白杨树、榆树、槐树、沙枣树、核桃树组成的绿荫，绿荫里，有一些高大的房子，隐隐约约，可以看见一个池塘。

舅舅指挥着工人们从河滩里抱起鹅卵石扔到车上，开始，是鹅卵石砸在铁皮上的声音，然后，是鹅卵石砸在鹅卵石上的声音，那种声音，让人非常不舒服。每砸一下，耳朵和心脏都会随着那声音激烈地跳动一下。

我离开卡车，向着那片绿洲走过去。

池塘的水非常浑浊，深绿色，看不到底。我在池塘边蹲下，往水里看，一些虫子在游动，像鳖，黑色，有很多脚，我拔了一根草棍，挑动那些虫子，那些虫子开始拼命划动那些脚，我顿时觉得非常恶心。

我站起来，向那片房子走过去。

那是一个小型铸造厂，厂房很高，墙壁涂成青灰色，第二层的玻璃都是破损的。一些榆树从破损的地方，把枝条伸了进去。

我推开一扇沾满油污的小门，等到眼睛适应了里面的黑暗，慢慢走了进去。

许多我不认识的机器，许多地沟，还有巨大的轰鸣声，人说话的声音掺杂其中。我小心地绕过那些机器，觉得自己不该往前走了，但一种让我反感的力量却推着我继续走下去。

工厂是狭长的，似乎永远走不到尽头，工人们穿着看不出本来颜色的工作服，站在通道两边，当我走过去的时候，他们回过头来，漠然地盯着我看，脸上沾满尘土和泥灰，颧骨高耸，嘴唇厚实，眼睛晶亮。

我走过很多门，很长的通道，通道两边，永远站着一样姿势的工人，穿着一样脏污的工作服，缓慢地转过头来，漠然地看着我。

我身不由己地走下去。两边还是相似的机器、通道，相似的工人，和漠然的眼神，这个工厂也许是一节节无限重复的空间。

直到小舅的手突然拉住了我。

当天晚上，这个梦来了，从此再没离开我：我在一座高峻的钢铁工厂里行走。我要说的是，它也许在每次出现时，会有细节上的差异，但总是在那种光线下，在那种地点：晦暗之中的，无人的钢铁工厂。

起初，我总是身处一座空旷无人的城市，它们有一个相同的特征：异常宽阔的、足够几十辆车并行的马路。我被一种令自己反感的吸引力催促着往前走，知道无论怎样都会到达那个地方。我努力地记下路两边建筑物的所有特征，同时却有一个恍惚的、来历不明的想法告诉我：我不可能第二次走上这一条路。它仿佛具有博尔赫斯笔下那些路径的迷宫性质，连路两边的建筑也只是为了我这次的经过而存在。

在我行走的过程中天色开始变得昏暗，这种昏暗好像不是因为日落或是天气的阴晴，而是一种被操纵和被调解的光线——有种力量始终在注视着我的行动。

我再努力地追忆我当时的衣着也是枉然，梦在那里缺失了，被擦掉了，尽管我的衣着或许能说明我当时扮演的角色，并为我行动的动机提供线索，但梦在那里被擦掉了。

钢铁工厂就在天色最晦暗的时候出现。它的形貌——厂房异常高大——灰色——窗子极为狭长——玻璃破损——还有那无处不在的灰色。它所引起的感觉，犹如爱伦·坡在《厄舍古厦的倒塌》中描绘的："不知怎么回事——第一眼瞥见那座府邸，就有一种令人难受的忧伤感渗入我的心灵。我心头有一种冰冷、低沉、要呕的感觉——一种不可填补的思想上的阴郁……"。

天色在这种哀愁与荒寒之中变得更为阴沉，此时我已经置身于工厂内部——进入的过程也缺失了。厂房的穹顶，犹如在外边所看到的那样，极为高远，隐没在黑暗里，从窗子里透进了蓝灰色的光线，光线中的灰尘是静止的，绝无涌动的可能。我绕过那些沾满油污——

而不是铁锈——的机器，地上同样有沾着厚厚油污的枕木、钢管以及用水泥砌出的沟渠和深井，同样地，也被乌黑的油水覆盖。

在我专注于在这些障碍物间行走的时候，我并不觉得恐慌，然而稍后，这种恐慌就如滴水进入了油锅，在刹那间便扩散到我身体各处，那不是苦痛，也不是焦虑，那是一种被禁闭的预感，近似于被窒息致死前的抓挠。一些我所熟悉的面容和记忆片段在那一刻轰然前来，成团，成块，不可辨识，发出种种不可言说的、杂乱的、混沌的声音，起伏，旋转，并且在它周围形成涡流。

这种窒息感达到顶点的时候我的愿望得以达成，我或者醒来，或者已然离开了厂房内部。天色更为晦暗，四处是污水、沟渠、粪迹、沾满油污的手套和工作服。我望望远处，大气中有深蓝色的、半透明的、宛如果冻的物质，无声地、颤动着下落，落在远处荒凉的山上。我开始留恋那种濒死般的、窒息的快悦。

醒着的时候，我四处寻找我在梦中所见的那个城市，那个工厂，我总疑心，那是关于我的生活的一个重大的预兆。我在许多城市见过相仿的道路，见过相似的工厂，但没有哪个，和我的梦境完全相符，在德尔沃的画里，也有相似的地方，但那还不是我的梦境。

但是我又怎么能肯定，那只是一个梦境呢？也许，那是另一个空间，另一个世界，我正生存在那里，梦见生活在这个空间里的我。我是被别人梦见的。我对那个梦见我的人满怀眷恋。但是，也许他像那些早已死亡的星辰，早已不存在，但光芒却在宇宙间漫游，并且终于被我接到。我满心都是凄凉的温柔。

我知道我的光芒还在宇宙间孤独地奔走，在亿万光年之间，在星辰和陨石之间，终于没有落脚的地方。

愈禁忌，愈甜蜜

“你连筷子都不会抓！”

爸爸用他的筷子打在我抓筷子的手上，那种类似于肿胀的疼痛似乎有点惬意，但是似乎再自找一次又不可能。我看一眼自己抓筷子的手，再暗暗看一眼他们抓筷子的样子，看不出有什么区别。等了几秒钟，我又伸出筷子。爸爸毫不犹豫地再一次把筷子打过来：“什么时候学会抓筷子，再吃饭！”

我六岁，看上去只有四岁的样子，刚刚能在饭桌上探出头来，双腿悬空在高高的方凳子上，一点着落也没有。手上的疼痛终于没有了刚开始那种突如其来的快悦感，落实成为踏踏实实的疼痛，火辣，挣扎着，皮肤也盛不下，开始乱蛇一样丝丝缕缕地往里面渗。我终于确信饭不能再吃下去了，开始盘算着有没有什么东西，可以在不被注意的时候吃到。

大弟刚刚被接回家，比我更没有地位，他丑、黑、瘦，不像我们家的任何一个人，尤其是给英俊的父亲抹了黑，他不会说话，嘴不甜，更不讨父母的欢心，他胆怯地看我一眼，不知道是不是该同情我，又担心自己的筷子也是抓错的，看了又看。

小弟两岁，看到我被打了，高兴地笑了。他是家里的孩子中，惟一一个由父母亲手带大的，也是最健康的一个，有一张胖脸，这是我和大弟都没有的。他看到我们被父母惩罚，通常都非常开心。

我始终没有学会抓筷子，这样一直持续下去，到十六岁，我也没有学会抓筷子，二十六岁，也没学会，三十六岁，我想还是一样，这辈子我看我学不会抓筷子了，我趁早绝望吧。

被筷子打到的疼痛感始终在那里，那种难以启齿的快悦感也在那里，在手背上。一直到多年以后，我找到另外一种东西，代替了它，代替了那种被惩罚、拒绝、打击所带来的快悦感。

一九八二年，一九八三年，我们生活在这个国家的西南端，新疆策勒县农机公司的大院里。

和这里所有的人一样，我们住在政府分配给职员住的房子里，那些房子，通常都是一种格局，每家房屋的前面，都有很大的一个院子，可以随心所欲种点东西，梨树、苹果树或者枣树，大一点的院子，还可以种植蔬菜，在靠近屋子的地方，还会有一棵繁茂的葡萄树，被木头架子引着，一直生长到屋顶上去，葡萄架下面的那块地方，异常宽敞，足够全家人乘凉、吃饭。

一年有三个季节，葡萄树都在那里，荫蔽着整幢房子，只有冬天例外，到了冬天，葡萄藤就被收起来，盘卷着，用疏松的沙土，埋在院子里。谁家埋藤埋得晚一点，就是懒人，要被人耻笑。霜降之前，葡萄藤都要被埋在土里。埋在土里的葡萄藤，有种令人心缠的脆弱，惹人怜惜。

我们家通常都是按时埋葡萄藤吗？我不记得了，我想应该是的吧。在这个家里，凡是能长出叶子、结出果子，生出鸡蛋，产出肉类的东西，都值得关心爱护。

家家似乎都一样，藏在葡萄树后面，被墙壁和玻璃窗隔开，夏天在葡萄树下乘凉，冬天把葡萄树埋起来，劳动的时候，笑声在冬天那寒冷白亮的天空下听起来格外愉快。但是，我始终有个疑心在那里，担心别人家和我们家不一样。别人家是什么样的？我想也想不到。除非隐身偷偷去看一看，但那是不可能的。

在我们家，到处都是禁忌。屋子，每天至少要清扫两遍，先洒一点水，用扫把把所有的角落轻轻扫一遍，然后再洒多点清水，在水迹渗到铺地的青砖里，只留下一点潮湿的痕迹之后，再扫一遍。这样，扫把就不会弄得满是泥浆，也不会把灰尘扬在家具上。一周一次大洗，所有的东西都要洗。还有，我们不用油漆过的筷子，那会致癌；不用铝制品做炊具，那会引发神经系统中毒症状；饭前洗手要在三遍以上，洗过之后自然晾干，不能用毛巾擦，因为毛巾上有数以亿计的病菌。

吃饭时绝对不可以讲话，有飞沫，飞沫传播许多许多病；筷子只能夹自己面前那一区域的菜，不能在盘子里乱搅；不能站起来夹菜，那是不要脸；吃饭的时候不讲话，其他时间也少有言语。对于大声说话，爸爸概括为：作鬼样的叫！这句话是一张封条，或者是穿着羊肠线的大针，足以把我们所有人的嘴缝上。这个家的人，逐渐长出了猫脚上的软垫，走起路来轻手轻脚，悄无声息，舌头也失去了功效，偶然说一句话，把自己都会吓一跳。

坐过沙发或者床之后，起身之前要把坐皱的布纹抚平。拉窗帘的时候，要拉到最展，不让那上面有一点皱褶。一叠书放在一起的时候，书脊一定要向着一个方向，所有的边角对齐。手绢要叠成最小的正方形放在口袋里，再把口袋抚平，看不出里面装了东西。光抚平一次，是不管用的，要时不时地看看，口袋是不是鼓起来了。

这些还不是最大的禁忌。

身体才是。

妈妈是《当代》和《大众电影》的订户，每到杂志上出现较为裸露的图，她就用了一种代为解释的语气说，人的身体是最美的。

但是，这种最美的东西，是不可以被看到的。我们家，从来不去公共澡堂洗澡，我们沿袭着南方老家的习惯，用一只大铁盆盛满热水，洗澡，就在那里进行。我们也从来不被允许到遍布这个城市的河流和湖泊去游泳，孩子被淹死的悲剧性新闻始终挂在爸妈的嘴上，持续一个夏天。但是，他们始终没有说出他们真正的恐惧，看见别人的裸体，是件万劫不复的事情。

妈妈的口头禅是：十八岁，十八岁你们就离开家，你们要干什么，我都不管。这句话意义重大，似乎也包括了，可以去经历一切万劫不复的事情，包括，看见别人的身体，或者裸露自己的身体。十八岁还有多远，小学的数学不够算。

要不了多久，这种精致的、干净的生活被打破了。我们离开了那里，流落到一个荒凉的小镇上。妈妈，逐渐变成了可以在街道上和村妇吵架的人。但是，新的铁盆子又打起来了，每到周末，家里就热气腾腾。

十六岁，我考上了大学。入学的第一天，我到学生会在迎新现场摆设的摊位上，买到了洗澡用的一切东西。但是，立刻我就生病了，我还没有用上自己买的洗澡用具，就回到了家里。

十八岁，我再一次离开了家。果然是十八岁，甚至没有早一天。妈妈的话是咒语。离开之后，我没有再回去。

浴室的门被打开，一阵预料之中的凉爽空气灌了进来，笼罩着浴室里的那股蒸汽被吹散了一点，一个年轻的男子在门口迟疑地站了一小会，随后，他慢慢地走了进来。他看上去非常苍白，像是许久不曾见过阳光，还有，他所携带着的用具全都是新的，蓝色的毛巾，拖鞋，提篮，全是蓝色，簇新。他们想着：嗬，像是第一次来洗澡呢！

他小心翼翼地走到一个没有人的喷头下面，站了一小会儿，在那片刻，他屏住呼吸，看看别人是怎么使用这些用具的，怎么样打开水龙头，怎么样让温度适度。这个过程在他头脑里，被无限制地放大，放大到了令人难堪的地步。终于，好了，他站在了水流里，水流让人觉出了安全。

在这中间，不知什么原因，突然停水了。浴室中的水汽全部消去，温度也突然降了下来，那一刹那在他头脑中变得异样地清晰，洗浴用品的气味，人的体味，那些喧哗、笑骂和打闹，那些丰腴的、圆硕的、健壮的身体，黝黑或者白皙，正立或者侧立，将重心从一只脚移到另一只脚，他们任意支配自己的身体，任意袒露，视之为当然。

浴室是有窗户的，开在靠近屋顶的地方，整扇的玻璃窗，被铁架子支着，向外打开，玻璃窗上污迹斑斑，窗架子也掉了漆，满是铁锈，但是窗子外面却是青碧的白杨树，叶子是新发的，油香浓郁，那是四月，星期天。生活，从不曾如此质地细密、踏实、生气勃勃。

禁忌都已被打破，欲望滚滚而来。痛苦，快乐，甜蜜，死亡的诱惑也尾随而至，那不能停止的写作、倾诉，滚滚而来。

幽闭的快悦

那是我四五岁或者更早，我对农场附近那些幽深的林子着了迷。在那里，沙枣树、红柳、枸杞，像是和地下神秘的力量接通了，长得无比高大、茂密，树下又杂生着乱草、荆棘，偶而会有人或兽的粪迹，或是一只遗落的破雨鞋，半截埋在沙土里的裤子。

我心惊肉跳地、不断地想避开家里人，回到那些林子里去。我已经懂得掩饰自己的企图，不让他们洞察自己的秘密，我有一个有异常人的喜好，我有一个可耻的退身之所。再大一些，我拖了一只大木箱子放在花园的角落里，蜷曲着身子坐进去，在突如其来的黑暗和滞重的空气里，我打开一本书，发狠地阅读着，全然不顾母亲和伙伴在外面焦急地呼唤、寻找。

后来我知道那是为什么，书里说，那是因为恐惧和不安，而生发出的愿望，一种想要重回胎儿期，重回母体寻求温暖和庇护的愿望。他们称之为“幽闭的愿望”。

黑塞在《纳齐思和戈德蒙》中谈及母性的复杂和神秘：“他在母亲那里所发现的不只是世界美好的一面：充满爱的温柔的眼光的蔚蓝，微笑的优美，幸福的预诺，慈爱的话语的慰安；在这慈祥之下还藏有另一面：一切大恐怖，一切阴暗，一切贪婪的欲求，一切焦忧，一切罪孽，一切绝望，一切生和死的铁律。”

母性的神秘在于，最初在母亲那里经历的一切：声音、气味、姿态，一句极度不安的呵斥，一些与某个事件有了关联的物体，经过我们无数次经验的叠加，记忆的错失，以及所有性质相近的事件的累积——就好像磁石的互相吸引，因而变得来历不明、难以辨识。我不知道自己为什么会惧怕空旷的广场，为什么对幽密的林子感到眷恋，更不知道为什么有时眼前的一切仿佛曾经经历。线索已然迷失，回到过去的路已经断绝，我像站在黑暗旷野里，因为失去了对过去的记忆而变得无知。

对幽闭的喜爱无疑是这些神秘的遗留中比较容易辨识的，在电梯间、在密林中、或是在游戏时头上蒙上了布块，都能让我体会到一种甜蜜的恐慌。卢梭的画里随处可见这种甜蜜与恐慌，叶片宽大的羊齿植物，树干滑溜、叶子厚重的树木，绚烂的花与果，深不可测，布置起了一个温馨、自足的小天地，像画中人物的衣服一样紧紧包裹着他们，画面上弥漫着一种隔绝欲，然而我们却被一种预感，一种因为知道画中世界不能永久而带来的紧张切割着。

那年在武威雷台的汉墓，我又重新体验到那种幽闭的快悦。在那阴暗、隔绝的墓穴里，当我想到如果甬道一旦坍塌，我就可以留在这小小的、封闭的世界里时，一阵近乎热病的快悦突然来临，使我几至颤抖，甚而使我对有那么多人与我一起分享这本应是我独有的世界感到了不满。

而另一个世故的、人间的我同时觉醒了，提醒我这种念头的危险程度。我快步地跑出了墓穴。站在阳光里，我才来得及回想自己刚才面临的是怎样的愁惨的诱惑。照遍全身的、早秋的阳光让我觉得幸福，我知道我暂时不会再回去了。而那幽黑的洞口，提醒着我对自己的无知。

和田之夏

在我七八岁的那几年，每年夏天，妈妈都会带着我，离开策勒，到和田去住几天。那时候，我那几个住在和田的舅舅都已经三十出头，却都没有合适的结婚对象，妈妈被手足之情驱使着，一旦打听到谁家有待嫁的女子，就闻风而至，一有合适的机会，她就赶到和田去，劝说舅舅们，并安排舅舅们和那些有可能的女子们见面，这在策勒小城都出了名。每次去和田，她都带着我。

八十年代初的那几年，她就是这样兴致勃勃地每年夏天去一趟和田，在出发之前，她用印着“策勒县农机公司”或者“策勒县政府”字样的红格子稿纸给她的同学们写信，预先说定要搭乘的汽车，还要准备给舅舅们带的东西，甚至连缝被子的针线也不曾遗漏，她就这样满怀兴味地准备着这趟并不遥远的旅行，而爸爸在一边沉默着，时不时冷冷地敲她几句，表示着他的不满。每年夏天，这情景都要重复一次，甚至，八二年的那场瘟疫也没能阻止她的行程。

瘟疫是怎么来的？有人说，是因为有人在打猎时，在芦苇荡深处打到了带着病菌的旱獭，也有人说，在引水冲刷沙丘使之变成田地时，把埋在沙下的尸体冲了出来，它们身上带着四十年前的病菌，最先染上瘟病的人，就是冲刷沙丘的人。

还有一个特别的原因，和每年秋天的奇异景象有关——天空变得通红，秋天的晚霞都不能让天空变成那种可怖的红色——天黑得比任何时候都晚，好像有不属于自然的光线将天空照亮，靠近地平线的天空像被火烧得通红后还没冷却下来的锅底，泛着灰白的颜色——某些东西在这些异常壮丽而且长久不变的颜色里翻滚，你看不到任何灰尘、云雾，但却能感觉到那翻滚，极其缓慢、霸道。

但妈妈的世界是完整的，旱獭、沙丘、血红的天空、腹泻、呕吐和死亡都是另一个世界的事，妈妈的世界是无懈可击的。尤其是夏天，夏天可是很短暂的。就在这样的夏天，妈妈一股脑把家里的床单桌布全部洗干净，晾晒上一整天，再在晚上把它们铺在床上和桌子上，她坐在床边，把最后的一点皱褶抚平，轻轻地吐出一口气，第二天早上，她终于能够带着我，搭乘早就说好的军车，到和田去了。

她穿着她自己裁剪和缝纫成的浅颜色的衬衣，我还记得其中的几件，有一件是淡绿色的，还有一件，在白色的底子上有蓝色的小花，还有一件，是她自己做的小领西装，灰白色，这些衣服，有的在多年后被丢弃了，有的是在她下葬的那天，在坟头焚化了。这些衣服，再也不存在了。

而我，同样穿着她剪裁的衣服，样式全部来自一本名为《上海服装式样》的 16 开的彩色图书。在八十年代初，那些衣服，足够吸引路上所有人的目光。她的心灵手巧，我一点也没有继承下来，因为，她从来没有给我们机会，她骄傲而悲哀地包办了一切。

军车等在大路上，妈妈和司机打过招呼，拉着我上了车，反复几次，把笨重的车门关严实。我们的车消失在了被白杨树荫蔽着的大路上，把策勒县农机公司家属院远远地丢在身后。

妈妈和我到达大舅工作的和田运输公司的时候，往往已经是中午了，当我们还在车上的时候，妈妈就在不断地做出她的预测："你那几个舅舅都木鼓（兰州老家的方言，指一个人干事不利索、不懂得变通、不善于迎来送往）得很，根本不知道到停车的地方接一下人！"车停下的时候，我们看看车外，大舅果然和妈妈所预料的一样，没有站在门外迎接。妈妈拉着我下了车，走进和田运输公司的大院。

一九八二年的和田运输公司大院里种满了新疆杨，春天的时候，院子里落满了从杨树上掉下的青碧的小果子，一串又一串，一会儿就可以捡上满满一口袋。夏天的时候，地上就什么都不会有，白胶泥铺出的地显得非常干净，而杨树的叶子油亮油亮，被夏天的阳光晒得发黑，树下的屋子，因此会非常阴暗，整个夏天都是这样。

舅舅的屋子在一幢二层小楼上，一楼是车库，二楼是办公室兼宿舍，小楼在这个大院里地势稍高的地方，四周也被高大的白杨树包围，从他的窗子里望出去，可以看见别人家的后院和杨树间的小河，院子边缘，有杂乱的小树林和生锈的机器。夏天的黄昏，在孩子们嬉闹追逐过之后，总会有男人们脱得只剩下一条短裤，在河边擦洗，他们棕色的身体在黑亮的树叶间时隐时现。九点以后，什么声音也不会有了，什么人都不会去河边了。

妈妈拉着我，迅速走上二楼，在经过二楼楼梯口的天台时，她目光敏锐地往晾晒在那里的衣服中扫了一眼，立刻发现了大舅的衣服，语气里立刻带上了赞赏的意味："还知道洗衣服……蓝格子床单也是你大舅的。"她准确地找到了大舅的办公室，开始敲门。

大舅和我母亲家族里的所有人一样，都是不善于表达感情的人，他看到我们，脸上并没有出现热烈的表情，只是微微笑了一下，好像我们每天都在见面一样。走进他的屋子，立刻发现，床铺上没有床单，一切均如妈妈所料，世界尽在妈妈的掌握中。

妈妈是这么安排的，大舅的工作比较轻松，打个招呼就可以出去，所以下午就可以去相亲，三舅是汽车修理工，只有下班后才有时间，就把他安排在晚上，五舅在邮政局工作，也只有晚上有时间，就只好排在第二天晚上了。

同时，她已经根据三个舅舅的现实情况，对人员状况进行了初步筛选和调配，来自四面八方的介绍人一共介绍来五个女子，有两个已经被无情地排除了，一位是年轻的寡妇，"而且脸上有颗大痣"，另一位年轻貌美，已经和三舅见过面了，但后来听说名声不佳，甚至有个绰号叫"黑牡丹"。剩下的三个女子，一个是学校老师，年龄稍长，据说是因为家庭出身影响了婚姻，妈妈认为她比较适合大舅，另一个是医院护士，相貌清秀，性格比较内向，刚从卫校毕业，在地区医院工作，介绍人本想把她介绍给五舅，但妈妈认为她更适合相貌英俊、有严重洁癖并且喜欢流行歌曲的三舅，而第三个女子在地区纺织厂工作，已经和五舅见了一面，两边都还满意，特意邀请妈妈上她家去吃饭，算是两家人进一步接触。

需要介绍一下我母亲的家庭情况了，这有助于了解我的舅舅们的择偶观是如何形成的：五十年代前，我姥爷一家生活在兰州附近的村子里，是个大家族，很有些水地，算是富户，因此颇有书香门第的派头，家中子弟能够研习书画医药以及练习拳脚功夫，姑婆妯娌甚至可以为一些金银首饰的归属而展开暗战。

这一切随着我姥爷在一九三六年参加革命、并将几个弟弟先后带上革命道路而宣告结束——革命后来结束了，人却要在高潮后活下去。五十年代后，我姥爷进入劳改系统工作，因为耿直、“木鼓”，或者过分追究自己当初理想的下落，渐渐成为不受欢迎的人。一九五六年劳改系统西迁，一直迁移到新疆去垦荒以免饿死人，我姥爷全家跟着劳改系统迁移到了于田。被打成叛徒、平反都是后来的事。

我妈妈和舅舅们成长于这样的家庭，有点小清高和小智慧，以及一点不识时务。他们的学业、工作和终身大事都很受我姥爷的牵连，但那种小清高和小智慧始终不改。

有一年过年，我们全体去姥爷的同事家拜年，那家人的墙壁上挂着一本题为“金陵十二钗”的挂历，由十三个女孩子（还有一个负责在封面上反串贾宝玉并和林黛玉读《西厢》）穿上古装扮演《红楼梦》人物，我妈妈和舅舅们是那个年代少有的熟读《红楼梦》的人，站在挂历前面，一页一页翻开来看，边看边评价，“这个林黛玉五大三粗的，像个举重运动员”“这个薛宝钗简直像个烧火丫头”“王熙凤的脸简直像鞋帮子”。在孩子听来，这简直是最幽默的了，于是我在一边咯咯地笑个不停，他们越发得意了，一直批评到最后一页的惜春还是巧姐“简直都有三十岁了”，全然不顾屋主人的脸色。

这种尖刻一直伴随着他们的整个择偶过程，所有的女子都有幸获得了他们不大善良的评判，妈妈有时候也跟着讥讽几句，但她迅即就意识到了自己所扮演的角色，立刻抽身出来，严肃正色地批评我舅舅们："你们也不看看你们的现实情况！"

只有"黑牡丹"获得了几个舅舅一致的好评，认为她比另一个全城著名的"白牡丹"还要漂亮，但妈妈在详细打听了她的趣闻轶事后，以一句话结束了舅舅们的念想："只有旧社会的那种女人才有外号！"

我总是被带到相亲现场，发挥各种作用，当两家人都在场的时候，我被拉出来进行背唐诗宋词表演，顺便展示妈妈为我做的新衣服，给女方家庭以震慑，在舅舅和相亲对象单独相处的时候，妈妈则会要求我陪在一边，既充当他们的共同话题，也可考验一下女方在孩子面前表现出的亲和力，还可以使现场不至于升温过快，更能偷听他们的现场谈话。

而当他们的相处变得自如起来后，我就被合理地打发出去。等在门外的妈妈，立刻迫不及待地扑过来，向我询问他们的谈话内容，详细到"舅舅说这个话的时候看她了没""她是笑着说的还是生着气说的"，最后还要被追问"你喜欢她不？为什么？"遇到她和舅舅都不喜欢的女子，"连大刚都不喜欢她"就等于是最终鉴定。鉴于我出席相亲场面的次数和对舅舅们的了解，那天下午一见到中学老师，就意识到大舅绝对不会喜欢她，更不可能被调配给三舅和五舅。

见面的地点是她的宿舍，要穿过一个很大的操场才能到达，夏天的午后，学校操场空寂无人，让我们怀疑那些宿舍里也应该没有人，然而她确实在宿舍里，一听到敲门声就开了门——就好像手一直握在门把手上一样。她的相貌实在太平凡了，短发，戴眼镜，皮肤很白，看上去有点憔悴，穿着也过分素淡，衬衣和碎花裙子显得很陈旧，更重要的是，她非常拘谨和紧张，而妈妈一直希望舅舅们的对象性格开朗一点，可以成为舅舅们沉闷木讷性格的补充。

她搬过两把椅子让我和妈妈坐下，抱歉并局促不安地表示这里只有两把椅子，准备到教室里去搬一把椅子来，并且拿出一串钥匙给我们看："我有教室门上的钥匙"，妈妈一边表示客气，一边把舅舅推到她的单人床边坐下，解决了这个问题。而女老师一直坐在床沿上靠近书桌的位置，一只胳膊架在书桌上，另一只胳膊则用来显示她有多么紧张：一会儿撑在身后，一会儿握住另一只手。

妈妈、舅舅和她的谈话，始终围绕她的工作和她的家庭来进行，一周上几节课，上课累不累，假期有多久，学生是否顽劣，谈到她的同事怀孕七个月还要站讲台时，妈妈表示了感叹，看到她的桌子上有本杂志，妈妈顺手拿过来翻看。妈妈只翻了几页，我就知道这个中学老师不会讨妈妈的喜欢，因为，这本杂志到处都是水和蜡滴的印迹，页角还有标记阅读位置的折页！而这一向是妈妈的大忌！

我紧张地瞅着妈妈，看着她不动声色地把折页抚平，已经想到了她将怎么评价她。更糟糕的是，舅舅在这个时候一起身，把床角的褥子和单子掀了起来，一双压在褥子下面的脏袜子立刻掉了出来，妈妈依旧不动声色地，一边装作生气地批评舅舅："屁股上长刺"，一边拈起那双脏袜子，又塞回了原来的位置，并压上了褥子和单子，还好心地把床单抚平。

走出中学老师的宿舍，走过整个操场，妈妈都没有说话，似乎是空旷的操场和教室给了她压力，终于走出学校大门，她回头看看学校的牌子，对舅舅说："跟和田一中简直不能比，也就操场大！"

晚饭前，妈妈和三舅会合，去医院见另外一个女子。时隔多年，我仍然记得，她的名字叫灵芝。

灵芝姑娘果然如介绍人所说的那样"相貌清秀"，可也有点清秀过了头，清秀到了柔弱苍白的地步，整个人像是一匹较为细致的白布，但她始终带着一点微笑跟人说话，远较中学老师看起来活泛。她同样住在医院配给的宿舍里，屋子非常小，光线也不够好，但她把屋子收拾得非常干净，当妈妈问她"平时怎么吃"的时候，她指指屋角的一只煤油炉子，含着微笑说："有时候揪点面片下点挂面什么的！"妈妈也微笑着说："总要放点菠菜叶或者鸡蛋吧，回头让我弟弟给你拿点鸡蛋过来。"显然，她已经得到了妈妈的喜爱。

相亲的那些日子，白天通常都这样度过，晚上，则交给漫长的散步。我们在八点前后吃完饭，走出运输公司大院。通向街道的小路上空无一人，路两边尽是巨大的核桃树。

核桃树长到那么巨大，需要多久呢？没有人知道，在我们看到它们的时候，它们已经是那样了，树干粗壮，树叶遮天蔽日，椭圆形的叶子，有的嫩绿，有的墨绿，每片叶子的叶脉都清晰可辨。走近一点的时候，叶脉的清晰，那种局部的清晰，似乎又滑稽，又慎重。走远一点的时候，核桃树却像是深不可测的怪物，似乎和地下某种可怕的力量接通了，在清晨或是黄昏蓝紫色的微光里，它们缓缓摇摆枝条，发出种种不可辨别、无从模拟的声音。核桃树形成一个迷宫，或者甬道，甚至可能是一个世界。人们从那些树间走过去，就像是被那浓绿的世界吞噬掉了。

［家人］

70 年代，妈妈在读报纸。应该是摆拍，那时候，时兴拍这种学习或者阅读的照片。

爸爸年轻时。

爸爸妈妈的结婚照。

妈妈和她的同学，在北京天安门广场。

姥爷二十出头时。他就在这个年纪，和他的兄弟们一起，卖掉了家里的水地，投奔革命。

在很多时候，只要面临抉择，我就会想起他来，想知道他在那样一个大起大落的年代，为什么会做出这样勇敢的、浪漫的、重生一样的决定，我永远也不会深入到他的内心里，永远不会知道他为什么这么做。但每次回想、揣测的过程，却也是让我慢慢充满勇气的过程。

他们以另一种形式活着。他们和我，有着同样的数字基因，藏在不同的硬盘里。

三舅 16 岁时。

他是那个年代的文艺青年，喜欢读书、写诗写散文，还练得一笔好字。在我三四岁的时候，他就教我背诵唐诗宋词。我还记得一天晚上，农场停电，屋子里的灯黑着，月亮很亮，他和我临窗而坐，一字一句地，教我背《念奴娇·赤壁怀古》。

姥爷和小舅，在刘家峡。

姥爷家的全家福。姥姥姥爷和他们的 7 个儿女，都在这张照片上。

我远远地跟在妈妈和舅舅身后，听到他们在说话，妈妈的声音被黄昏的空气割出小小的齿豁："灵芝还不错，一到家里就知道干活，别的姑娘没有这么有眼色""不要太挑，你也不看看你们的自身情况""光文的脾气，没人能受得了"，突然，一个拐弯，他们不见了，连带着齿豁的声音也没有了，路的尽头是核桃树低垂的枝叶。心脏一阵抽搐，我赶上他们，和他们并列行走，心有余悸地不时回头看看，空空的小路上，什么也没有。没有风，核桃树的枝叶也不摆动。

核桃树的树干，到底有多粗壮？我们曾经试图弄清楚这一点。几个孩子，把身体紧紧地贴在核桃树干上，用手臂把树圈起来，看看需要几个人才圈得过来。我把身体贴到树干上，把手臂尽量伸展，下巴顶到了树干上，头使劲向后仰。可能是错觉：手指似乎变长了，可以一直伸长一直伸长。时间也变慢了。有一刻突然特别安静，别人的手臂还没有接过来，一阵恐慌袭来，那边的孩子不见了？被什么不知名的东西吞噬了？软软的、温热的手指突然爬进了我的指头缝，我们的头仰得太厉害了，大口喘息着。

妈妈不知道核桃树小路是多么令人惧怕，一点都不知道，她还在教训着舅舅："你们不想五十岁才去幼儿园接孩子吧"，但她的声音马上就被和田市中心公园里的喧闹淹没了，这里是和田河上无数个水闸中的一个，浪花从水闸里喷泄出来，水闸上有个俄罗斯风格的泵房，泵房前的水泥栏杆上，爬满了孩子，害怕掉下去的，就紧紧抱着柱子头。波斯菊、八瓣梅、兔子花、太阳花、萱草、菖蒲种在公园里，整个夏天都开满了花，羊角奶因为也能够开花，没有被当作野草拔掉。

再远一些的空地上，靠近人行道的地方，防疫站的职员，摆着木头桌子，向过往的行人递送印着疾病常识的传单，有人在发放免费的药水。他们穿着白色的衣服。

一天中最热的时候已经过去了，商店已经亮起了灯，照着鲜艳的布匹、糖罐子。

妈妈的话题在那里被她自己打断了，她心神不宁地看着街道，说一些别的事：“苍蝇……医院过道的长椅子上都坐满了人……眼睛特别大……不准吃苹果……”直到穿过公园、广场，走到城市的边缘，她也没再提起舅舅的事。

就在那里，就在城市的边缘。

一座高大的寺庙矗立在大地上，像一炬幽暗的火焰，它实在太高大了，站在它的脚下，总感觉它在向你俯下身来，寺庙的背后，是一片空地，再远一点的地方，就是沙漠了，天还没有全黑下来，还是灰蓝色，越靠近地平线，颜色越淡，淡到近乎灰白色，在接近地平线的地方，还残留着一点晚霞。

念经的声音响起来了。

开始，像是询问，清新的、单纯的询问，像是一根青藤，悄悄地从泥土中探出了一点头，向着苍穹仰望。这询问似乎很快就得到了回应，这回应让那声音逐渐确定起来，由询问变成诉说和祈祷，那声音又洪亮又苍老，苍老的、洪亮的声音，带着回响，像根青藤，向着天空悠悠地生长上去，一路伸展着叶片，有时显得柔韧，有时候又高亢嘹亮，有时候越来越快，越来越急切，随即又变得舒缓，似乎要为自己的过分急切做一点回旋。这样反反复复许久后，那声音变得沉着、坚定，并不断递增，最后带着悲悯到达它极盛的顶峰，在那里停止。

就连它的回响也终于消失的时候，最后的一点晚霞迅速变成了紫黑色，惊慌失措地被吸进了天地相接的地方，夜晚来了。街道上起了一阵风，低矮的房屋似乎歪歪斜斜地，向着一个方向倾倒。人影都墨黑墨黑的，被来历不明的天光拉得异常狭长，废弃的纸张，追着人飞。什么地方，有人“砰”地一声，把门关上。大颗大颗的星星，一瞬间布满天空，在它们也终于停稳后，世界安静了下来。

时光机不能改变的

八十年代末，某天，电视台播放邮票收藏节目，提到某个邮票，我母亲瞄了一眼，轻描淡写地说："这个邮票，我本来有很多，" 我大惊，连忙问："本来？很多？后来去哪里了？" 我母亲语焉不详地说："退回去了。""为什么要退回去？" 我母亲看看我父亲，笑说："以后告诉你。"

一九六八年，我母亲二十出头，在边疆小城当话务员，据她说，工作十分轻松，五个女孩子倒班，每人每天只需要上班五六个小时，而且通常整天也没有一个电话，她们就把办公室门关了，拉一张椅子顶在门后，让推门的人略微费点周折，好让她们较为从容地将正在织的毛衣塞进抽屉里。办公室很宽敞，夏天凉爽，冬天烧煤炉，煤就堆在院子里，屋子里的煤烧完了，就用铁皮簸箕铲一点回来。

我母亲原来的志向不是话务员，她想当医生。一九六六年，她高中毕业，赶上取消高考，一九七七年，恢复高考后，她打算报考医学院，考试前一天，学校接到通知，她的父亲，我的姥爷，历史有问题，她没资格参加高考，即便考了也不能录取。她硬是进了考场，考了物理、化学两门课程，在众目睽睽下第一个交卷，仰着头离开，再也没进考场。后来公布分数，两门课她都考了全考区第一。“我就是让他们知道，我不是考不上”，她后来这样说，语气里还带点赌气。

话务员职位，依旧让人艳羡，这全凭我姥爷，虽然有所谓“历史问题”，但在当时当地，还有点余威。话务班的女孩子，个个都有人排队追求，我母亲也有众多追求者，其中一位，接连写了几封信，都得不到回音，气愤之余，寄来一堆邮票，在一九六〇年代，那是一种发泄，带点讥讽，言外之意是“你穷得连买邮票的钱都没有？”我母亲将那些邮票原样寄回，从此那边再没音讯。

寄来的邮票里，有一排“全国山河一片红”。邮票本应在一九六八年十一月二十五日发行，但十一月中旬，邮票就已经印制完毕，并分到各省，尤其边疆省份，物资优先供应，邮票也提前发到，在十一月二十日后就有发售。二十三日，北京有人发现邮票上的地图绘制有误，报告上级，邮电部随即发出通知，停止发售，退回邮票，统一销毁。

我问母亲：“大家就老老实实交回去？”“那个时候又没有错票的概念，再说，地方小，谁买了都清清楚楚，通知了之后，大多都交了回去。”“寄给你的那些，你留着也没人知道。”“那倒是。但是谁能想到有这么一天？”

哦，那时候，没人知道未来会是怎样的一种情形。她工作，结婚，生下我和两个弟弟，又在一九八四年返回内地。后来她生病八年，花销巨大，我家负债累累。她陷入一种妄想状态，老在怀念那些已经失去的钱财，和已经丧失的机遇，例如，先人们在清朝未年卖掉的一罐银饰，姥爷为了投身革命卖掉的两亩水地，还有姥爷为了掩护身份开办的一家煤厂，“你姥爷很会做生意，煤厂要是一直开，开到现在，应该赚了不少钱。”

我也传染了她这种挽回往日的狂想。她去世前两年的某天，我在报纸上看到“全国山河一片红”拍卖的消息，这个邮票的直双连，拍出三十万高价，是她生病八年花销的三倍还多。直到前年，我还惦记着这事，专门去问做邮品的朋友，“一片红”卖到多少了？单张是七十五万。

我常想乘着时光机回去，把那封信拦截下来。我们什么都怪罪不了，只好怪罪一切错失的机遇，没有赚到的钱，以及没有发生的事。

当然，要改变的事情太多了，时光旅行一百次，都不够。

还有狂乱可以沉溺

妈妈站在玻璃门前，含着笑对爸说："告诉你一个好消息，我看见树枝动了。"

爸爸忙碌着："那是刮风了。"

稍后，妈妈又站在玻璃门前，含着笑："告诉你一个好消息，我看见树叶子动了。"

爸爸说："风大呵。"

我站在另外的屋子里，另外的玻璃窗前，看着玻璃上映出我的眉眼，非常忧郁。

妈妈穿着红衣服，红棉袄，红毛裤，回到床上。

床上，总是床上，她的世界渐渐缩小到只有从床到阳台那么大。有时她陷入昏迷，她不断喃喃自语，或是诉说，或是要求回答，像是孩子看见自己所害怕的黑夜来临，总是，总是那种粘腻的、晦暗的昏冥。有时她坐在床上，用纸牌算命，把纸牌一张张排列起来，三年，四年，五年，六年，那样排列起来的纸牌或许已能够到达月亮。已经没有什么要预测的了，命运已然来临。

命运已然来临，三年，五年，七年，时间如同流水一样逝去，钱财如同流水一样逝去，一粒氨基酸八块，一瓶氨基酸二十五块，一瓶白蛋白四百九十块，还有那些贪得无厌的、随意在病人账户上开药的大夫。钱财以不同寻常的速度流逝，我们已不再惊奇。开始是五千，一万，三万，八万，九万，九万五千，十万，十一万，终于有一天，它突破了我们所能想象和承受的界限。

妈妈不再是我们所熟悉的妈妈了，她变得陌生，变成另外的人，或者，只是命运威力的一个承载者，是生活中所有愤怒、积郁、嘈杂、疲倦的一个凝结体，或者，什么也不是。她不再是当年饥荒年代那个勇敢的女子，不再是和田二中的文艺骨干，也不再是策勒县革委会那个人所周知的独自抚养孩子的女干部，也不再是带着孩子出走，在夏官营那样极度偏僻的小镇努力生活的女人，生活之流在此步向停滞，生命，脆薄如纸。

生命，不过如此。

她曾经像西西弗斯那样努力过，为这种骇人的疾病。那些由她写给在报纸上登载了广告的医生的信，总是这样开了头："某大夫您好，百忙之中……我于几年前不幸患病……"，总是这样措辞文雅得体，却又令人心酸和难堪。

还有那些气功师。她曾经动员我们全家到乡下去住两个月，那里，有个被众多信徒顶礼膜拜的自称仙人再世的男子，她这样计划着："你，背煤油炉子，你弟弟背一袋大米，也可以借老乡家的灶做饭。”我们说不去，她哭了，她说我们不能体谅她的苦心。

另一次，还是气功师，在城里开班授课，她投奔住在那附近的一个至亲，要借住在他家的空房里，深夜，她被这家的女主人连夜赶出。这些，真是令人发疯，活活发疯，除了疯掉，别无它法。那天，我终于被这些气功师、巫师、偏方折磨得发了疯，我说，他们，是骗子。她不辩解，只是慢慢萎缩，无力，我知道，她其实是明白的。

我们，爸爸，我，弟弟们，渐渐变得勇敢而绝望，我们懒散而乐观，我们像无动于衷的、懒洋洋的偶人，看似随波逐流，任凭生活摆布，却保有着一个疯狂的核心。生活，从此只能表演，而无法介入。

我们明白了永恒、轮回、无常，明白了生活只是一场终将终止的过渡，而我们将要步入的永恒，使我们有勇气漠视现在，漠视痛苦、幸福，漠视爱、温情，漠视生活的规则、人间的铁律以及人人畅想的将来，一旦明白了这些，一旦明白了生命的真相，怎样活着，都无所谓。在这种有时心醉神迷，有时目空一切，有时无所顾忌，有时率性狂欢，有时窃喜，有时不明由来地悲伤的感情面前，我赋予它一个名字：狂乱。

沉默许久后，重新开口

我的妈妈六个月前死了，她死的那一天，是她的生日。

在这之前，她已缠绵病榻八年之久，不错，整整八年，八年时间，中国人民打败了侵略者，而她被疾病打倒。

从她病倒的那一天开始，家里酝酿多年的冷漠终于达到了高潮，潜藏在这个家族每个人身上的那种阴郁的天性终于被激发出来，怒吼、撕打、摔门而出，逐渐成为日常生活的一部分，这个家，开始像奥利弗·斯通的某部电影，再配上瓦格纳的音乐，就十全十美。

妈妈，不再是我们熟悉的妈妈，她处在狂怒的中心，四处寻找泄怒的对象。我，弟弟们，我们的同学，朋友，亲戚，都在其中。

那年，我十六岁，谢天谢地，我及时地考上了一所不收学费的大学。入学仅仅两个月，我被判定为不能继续学业，不适宜集体生活，因而回到家中。那之后的事，我已不复记忆，向来是这样，对于过度痛苦的事，大脑会拒绝记忆，我只能说，那是一种比死亡还糟的生涯。

十八岁，我被获准重返学校，我改掉名字，重填履历，和少年时所有的朋友断绝往来，提着一口极为沉重的箱子，迎着秋天的、又大又红的落日狂奔回学校。

而她，妈妈，无处可逃。对于别人而言，她生存的全部意义，在于她是一个妻子，母亲，而她一旦无法履行妻子和母亲的职责，就注定要被蔑视。她不是妻子，母亲，她是一个病人，她留在原地，无处可逃，人，都是一个一个的，她的痛苦，谁也无法分担。

是的，生病的人，生病的穷人，是恶魔，是垃圾，应该被杀掉，清除，焚毁，即便活着，也应该被送往与世隔绝之地。她不明智地选择了活着，选择了活在人群之中，就像是往每个人脸上吐了一口唾沫，每个人都被她侮辱了。

在亲戚家，她从来不被允许坐沙发，只能坐板凳，板凳上，还要垫一层报纸，她离去时，要自己把报纸带走，并负责销毁。

她四处求医问药，有一天深夜，她投奔到一个至亲家里，要求在他家的空房里借住一宿，以便第二天能够早早应诊。将近凌晨，我们的亲戚又来了，说他的妻子在家里又哭又闹，大号不已，他也没办法。妈妈笑了，这种笑，我们曾多次在她脸上见过，在一九八四年，她因触怒权贵，被列为“政治上不可靠的人”时，她这样笑了，并选择了离开。在一九九五年，她卷入两个经理争权的恶斗之中，被恶意欺侮时，她这样笑了。她笑了，她说：“你去告诉她，要她不要哭了，我这就走。”

她，我的妈妈，生于一九四六年的春天，她有一个满含喜悦的名字：“光华”。

她在一个革命家庭长大，她的父亲，叔叔们，是著名的早期地下党员。

她是六六届高中毕业生，缘于她被打成叛徒的父亲，她不能被大学录取，恢复高考后，也还是不能。

她和她的父亲，她的兄弟们一样，热衷于政治，却又总是和政治保持一种理想化的、纯洁的距离，这，造就了他们的悲剧。

她在新疆长大，在新疆和我的父亲结婚。

她在秋天生下了我。

她教我背诵诗词，直到今天，我会背诵的，也还是那些诗词。

她一直亲手为我和弟弟们理发，她不许我们的头发长过一寸，直到今天，我的头发，也还是那个样子，短短的，从不会超过一寸。

她怕理发推子会冰到我们，理发前，总是在她的脸上贴一会儿，直到冰冷的推子变得温热。

她喜欢蓝色，绿色，她喜欢的零食是爆米花。

她喜欢毛泽东诗词，喜欢海子，多年以来，她一直是《当代》《大众电影》的忠实订户。

她从不落伍，即便是ENIGMA，或是郑智化，她也能够欣赏。

她生性高贵，即便是在那些潦倒的日子里，她衣着陈旧，身背黑色人造革皮包，领着她那几个神情瑟缩的孩子拜访亲戚，出入电梯，她也总是不忘对开电梯的人说声谢谢。

她的朋友，从来都是最平凡的，身份卑微的人们，菜市场的农妇，烧锅炉的临时工，从前住在乡下时的邻居。每个收获的季节，家中总是出现很多结伙来看她的农妇，她们包着围巾，脸色黑红，她们带来了土豆、南瓜、豆角，都是刚从园子里摘下的。那些菜，直到第二年春天都吃不完。

她最喜欢的一件衣服，是一件白底绿花的圆领衬衣，那是她在商场看到的，她舍不得买下它，那件衣服，四十块钱。

她喜欢白色的花，因为周总理也喜欢。

在最后的两天两夜的昏迷中，她喃喃自语："最穷的……最坏的……最看不起的……最糟糕的……最穷的……。"然而，在最后，她反复说的是："最爱的，最爱的，最爱。"

她最爱什么呢？她从没有说过。

她还没有说过这些，就死了，她死的那一天，是她的生日。

她躺在可怖的太平间里，按照她家乡的风俗，身上盖着一床红得刺目的棉被，从此，我不敢看见红色的东西。

她死了，栖云路252号终于恢复了宁静，没有争吵，咒骂，没有痛苦的呻吟，也没有债主上门，连麻雀也不再啁啾。

我在努力忘记，忘记那些长久的悲郁，忘记那些缠绕着我的噩梦。在梦里，她不是从坟中冉冉生起，就是穿着白底绿花的棉袄在桌前埋头吃饭，并且告诉我说，我们盖在她身上的泥土太厚，以至于她用了三个月的时间才挖出一条生还之路。这些梦如此真切，使我在惊醒后怀疑她还没有死去，或者，是被我们活葬。

她有病得不到及早医治的遭遇，也应该忘记，那些，只会使人陷入狂乱，使我稍有不适就四处求医问药，终于有一天，忍无可忍的大夫开给我的，是一盒健脑丸。

但还是不行，怎么也不行。在会议记录时，在酒宴中间，在公共汽车上，在安宁区的林荫道上，甚至在看《空房禁地》这样的电影时，在一切不适合的地点，忽然就要深呼吸，蹲下，用双手掩面。

我的创造力也随她而去，一年时间，除了为书商写作的那些册子，我无法为自己写一个字。有时我试图去写她传奇而又悲惨的一生，也依旧是徒劳。我陷入再也不能写作，再也无法创造的恐慌、焦虑之中。

终于有一天，恐惧，焦虑，都随着时间化成一种凄凉的温柔，我终于又能写作，又能写她，并且使她成为我永不枯竭的话语。

而她，或许已经回到当初她奉献了青春的地方，回到新疆的青山绿野之中，并且已经变回她少女时的模样，她放声笑着，在野花盛开的原野上漫步，轻盈地跃坐在一支又一支芦苇上。

谁有理由认为她不是这么快乐呢？

去过英吉沙的人，都会带回一把刀

“多少钱一把？”

“两块五。”

“不能便宜吗？”

“就是两块五。”他的语气已经有些不确定了。

那人把手中的人造革皮包放在桌子上，扒开敞着的口，任我们挑选。是很旧的人造革皮包，黑色，许多地方已经掉漆，凡是有接线的地方，也都开裂，露出里面灰白色的布。男人也是陈旧的，三十岁，已经对生活无动于衷，矮，瘦小，黑，没有表情。我甚至知道他在想什么，他在想：“他们究竟买不买刀呢？”

“真的是英吉沙的刀吗？”

“真的是。”

那是在英吉沙附近的一个小镇子上，到底是在什么地方，我已经忘记，我只记得：是在饭馆里，光线昏暗，桌子油腻，如果想看到原来的木色，也许要用铁锹。每张桌子后面都有人，司机，副手，乘客，有人向炉子伸出手，手是黑的，眼睛陷在眼眶里，不发光。我们，是妈妈，舅舅，我。人们看着我们，像是被定身了，我知道他们在想什么，他们在想："他们究竟买不买刀呢？"

"两把，四块五，怎么样？"

"四块五两把，一大一小。都是大的，不行。"

我们买下了两把刀，一大一小，我们把钱交给那个人，饭馆里所有的人都活了，说话的说话，抽烟的抽烟。

我们在英吉沙附近的小镇子，在饭馆里，在一个潦倒的男人手里买下了两把刀，这个事件，使"英吉沙"这个名字被记住了，因为它有了可供依附的事物，就像一只羊，被一个木桩子拴住了，羊不能跑掉，英吉沙也因此不能从记忆里轻易消失掉。那是一九八四年十二月。

两把刀，一把在十年后丢失了，另一把，现在也许放在公安局收缴的凶器里。而买刀的人，妈妈去世了，舅舅老了。

深深深呼吸

两个葬礼都持续了三天，在那三天里，我见到了我们这个家族里几乎所有的人，他们当中的很多人，我都未曾谋面，可是当他们刚走进屋子，我就知道，他们必然和我有着血缘上的联系。

我们都有着一样的单眼皮，眼角微微下垂，黑而且燥烈的眼睛，一样的稍高的颧骨，黑而且硬的头发，甚至眼神，甚至语调，都总有着某种相似之处，只要是这个家族的人，就能毫不费力地辨认出这些密码，甚至多年的颠沛流离、四处奔波也未能改变这些口音中微微的绵软，眼神里的燥烈。我，这个想方设法从这个家里逃出去、想方设法和他们显得不一样的孩子，在这些地方，也还是和他们一样，永远一样。

两个葬礼，爷爷和奶奶的葬礼，只相差半个月时间，都在这个冬天，他们像两只挂在同一面墙上的钟，共振了几十年时间，一个停了，另一个也要停。他们已经不能容忍被分开。忽然之间，我觉得自己像是倒掉的大树下面的蚂蚁、野草、石头，这些微小的、没有抵抗能力的东西，毫无防备地被暴露在毒辣的阳光之下。他们只是久病的老人，要被人保护、扶持、照顾，身边时刻也不能离人，他们根本不能保护别人，但为什么我要有这样的感觉。

守灵的晚上，轮换着休息的时候，躺在床上，我把手放在胸口，就觉得那里面有个已经烂掉的苹果，连接着果实和枝干的果蒂已经松懈，我只要再稍微用一点点力气，就足以把这个果子摇下来。转个身，我就觉得身体里的草在咯咯作响，有些草已经从衣服开口的地方挤出来，我想我快要疯了，崩溃了，马上就要显出一个草人的原形、散成马厩地上的一堆草了。

他们还没来得及给我讲完他们的一生。最后的一年里，爷爷已经陷入时断时续的混沌之中。我去了，别人问爷爷，这是谁，爷爷笑了，大刚啊，我当然知道，但是，他又问我，多大了，在哪里上班，结婚了没有。每次都问。

他在宛川河流域度过的青年时代，在榆中开办“兰州书报社”的那些时光，在五十年代怎么样被动卷入他不能胜任的争斗里，又怎样在饥饿来临的时候，带着劳改犯们往新疆大迁移，还有，在于田垦荒，在那座旷野上的大屋子里，怎样把我带大，这些，我都不会从他们口中听到了。而这些，是我灵魂的秘密，是我找到自己的密码。

“他的灵魂已挨近了那住着众多死者的领域。他已经意识到，却没能理解他们变幻万千、若隐若现的存在。他自身正消逝着去向一个灰色的无法捉摸的世界：这坚固的世界，这些死者曾一度养育、生活的世界，它正在溶解，化为乌有。

“玻璃上传来的几声轻响吸引着他把脸转向窗户，雪又降了下来。他睡意朦胧地望着雪花，银色的、暗淡的雪花，斜斜地迎着灯光飘落。是该他动身到西方旅行的时候了，是啊，报上说得好：整个爱尔兰全在下雪。它在阴郁的中部平原的每一片土地上落着，在光秃秃的山丘上落着，轻轻地落入艾伦沼泽，再向下，又轻轻地落在安葬着迈克尔·富里的孤独的教堂墓地的山坡上那每一片泥土中。它纷纷扬扬，厚厚地覆盖在歪斜的十字架和墓石上，落在一扇又一扇小墓门的尖顶上，落在荒凉的荆棘丛中。他的灵魂慢慢地睡去，当他听着雪花穿越宇宙在飘扬，轻轻地，微微地，如同他们最后的结局那样，飘落在所有生者和死者身上。”

妈妈，爷爷，奶奶，他们走了，我身体里的大陆流失了。我已经死掉了一块，又一块。我还将不断地流失，直到我也成为那个正在溶解、正在化为乌有的世界的一分子。坏事都发生在冬天，冬天实在太久了，我已经忍受不了。但我抬起头，鼻腔里却好像闻到了春天的味道，一股强烈刚健的风，带着各种植物萌芽时候、开花时候的味道、河水破冻和泥土被挖掘的味道破空而来。此时此刻，我把全身打开，暂时苏醒，暂时心醉神迷。

夜航记

我所听到的最好的电台节目，是二十多年前在新疆的运油卡车上听到的。

运油卡车，是世界上最孤寂的卡车，它们通常是东风牌或解放牌汽车，拖着一个大油罐，由国营运输公司的司机掌管。卡车通常从新疆南部的和田或者策勒、民丰出发，历时十天，穿过沙漠、戈壁，一直到达乌鲁木齐，后来，这趟旅程缩短成七天、五天、四天，但来回仍然需要十天半月，司机们仍然需要每天早晨六点发动汽车，夜里一点休息。

卡车行走在沙漠、戈壁上，景色永远没有什么变化，有变化的只有天空，朝霞变成晚霞，落日变成月牙，还有，就是收音机里的电台节目，它一直在变。

那时候的卡车上是很少自带收音机的，司机们通常自己买一个，再配几节电池，就带着上路了。我跟着我的小舅，策勒县运输公司的卡车司机，在运油线路上奔走的那些时候，就听着那个小小的、沾着油污的、有个黑色皮套的红梅牌收音机里传出的节目，《新疆新闻》《农村大戏台》《世界名曲》《小说连播》《评书连播》《广播剧》《小喇叭》，有时候是一首圆舞曲，有时候是一段西班牙吉他曲，有时候是《杨家将》。

在一九八三年，有一期新闻节目给我留下极深的印象，那时候正在提倡“能挣会花”，号召老百姓多消费，那期节目做的就是“能挣会花先进典型”，记者尽情嘲笑了“新三年，旧三年，缝缝补补又三年”的陈旧观念后，走访了一个当年最风光的“万元户”家庭，赞美了他家的摆设、他全家人的着装，以及饭菜的丰盛，激情洋溢地作出结语：“像这样的家庭，还有很多很多……”时隔二十五年，我还记得，那时，我们的卡车正停在阿克苏附近的戈壁深处，等待车队的其他卡车从一个兵团农场出来与我们会合，正是中午，烈日灼人，那个铿锵的女声停下来的时候，可以听见戈壁里那种浩渺的风声。

有一次是秋天的夜里，车队在沙漠里休息，司机们点起一堆火，默默地围在周围，卷烟和军用水壶在大家手里传来传去，谁接到就拿一支烟，喝一口水。有人拿了收音机出来放，歪歪曲曲的声音过后，突然出来一段弗拉明戈，欢快、热烈，裙摆似乎都要从收音机里探出来了。

都是司机，并没学识，却似乎都知道这音乐和这气氛最相合，频道就停在那里。后来，多少年，一听到弗拉明戈，想到的都是黑夜的沙漠里，油抹布和木板点起的一堆火后面，几张眼窝深陷颧骨高耸的脸。

对于运油线路上的卡车司机和乘客们来说，收音机节目意味着什么呢？也许，那相当于在夜航的飞机上所看到的人间的灯火，就像圣・埃克苏贝里写下的那样：“这些人以为他们的灯光就是照亮了他们自己简陋的桌子，殊不知在离他们八十公里远的地方，有人已被这灯光的召唤所感动，就好像他们是从一座荒岛上对着大海绝望地摇晃着这盏灯一样”。(《夜航》)

此后多年，听电台节目的时间在变，地点在变，电台节目给我的感觉却始终是那样：我在夜航，而它是我所看到的灯火，是我在置身人间感到独孤的时候，“人间”向我伸来的触须。犹如当年在运油航线上所感受到的那样。

在一九九〇年，大城市的晚上，全家人在客厅里欢声笑语的时候，我独自在一间屋子里听收音机；在一九九二年，高考前的某个晚上,我守着收音机,等着八点的《听众点录的文艺节目》准时播出，好录下那首苏芮演唱的《北西南东》；一九九二年到一九九六年，整个大学时代的背景声音里，少不了寻找某个频道的电台节目时的那种杂乱的声音，那时候，我是学校广播站的播音员，负责每天转播《午间半小时》。

后来，我甚至脱离时代，让我小说里的人听收音机：“你在深夜里独自听过收音机吗？躺着，把那小小的匣子摆在颈子上，用下巴顶住一点。无论是怎么样快乐的曲子，在那时候听来，多少有点凄凉。”

“外面是一城的灯火，大路上有夜班车不断地驶过，重重地，机器一样声音的女人闷声只报站名，稍稍一静下来，远处就又有少年们高声地唱着歌了，又是谁，踢到一个破饮料罐子，哐啷哐啷的声音，一直响到黑夜深处去。紫苏关掉收音机，两眼盯住房顶，眨也不眨。黑暗的角落里，一些像零件一样细碎的东西，组装着让人惊恐的物件，然而它始终不能成型，紫苏耐心地等着——她有的是耐心。”

似乎就这么定了，最早听到电台节目的感受，将笼罩此后对电台节目的所有感受，人生始终如夜航，我们用尽一切方法与他人发生一点联系，用尽一切方法，摇晃着自己的灯火。

花的力量

秋天

一九九五年，安宁，一个僻静的小巷子里。

一圈矮矮的白色栅栏里面，筑着一座两层的小白楼，院子里的花长得满满的。

我至今记得那些花，那大多是些带着异域气氛的植物，开得素淡而不怀好意的白绣球,一种披鳞带甲的波斯菊,杂乱无章的荷兰菊，则东挑着一朵花，西挑着一朵花，朵朵都像是呲牙咧嘴的脸，又有些深黄色的萱草，肥硕而淫荡的美人蕉，大片的金盏花，分了许多头的向日葵，还有些罂粟，红色，白色，橘红色，还有些花是我所不认识的，或者结着刺果子，或者开着蜥蜴那种灰色的、铃铛形的花串。

房前有一道白色的走廊，那走廊被几千几万条拉到屋顶的金银花枝子所遮盖。

她就坐在那里。在秋天午后的、眩目的阳光里，她的脸像是一团白色的雾气。她穿着一件少见的织锦长裙，底色是浅浅的米黄，裙子的下摆却用浅褐色印着许多花朵，沉积着，越往上越疏。裙子下摆是一圈穗子，直扫到脚面上。她上身的衣服是很普通的，长袖的灰白色线衣，罩了一件刚及腰的网眼绒线衫。她的头发好似是刚洗过，湿漉漉地打着卷子，直垂到肩上。脚是赤着的，穿着一双白色的拖鞋，坐在一张帆布躺椅上，看着一本书。

一九九五年所有的气氛，都被这图景笼罩，那种干燥、温暖、安静的感觉，一旦感受，就再也不能忘记。

木槿

大巴颠簸着，穿过村子，疯疯癫癫的，像一只没头没脑的甲壳虫。尘土滚滚，拖在身后。贴着门神的木头门，有木格子的窗户，一次次在窗户外飞快地掠过。一扇深棕色的木头门前，一棵丝柏形状的树，深绿、树叶细碎，像一炬幽暗的火焰。粉红色的、花瓣繁复的花，缀满树间。

一个穿着肮脏海军衫的少年，歪着身子，站在花树前。手里拿着一把弯刀（为什么是一把刀？），咧开嘴笑着。他的脸晒得棕黑，牙齿雪白。

汽车带起的气流，让墨绿的树叶和树间粉红的花朵翻卷起来，也让他工装裤的裤腿，紧紧地贴到腿上。汽车在那里拐弯，突如其来的倾斜里，人们歪着身子，迅速地，企图抓住点什么。扶手，椅背，窗框，窗帘。前面是废铁厂，生锈的铁器，在下午六点的阳光里，在荒草间，发出暗哑的光。

杏花

不知道有没有人和我感觉一样?

——在看到春天的杏树的时候。

花还没开，苍黑的树干上，许许多多朱红的花苞，远远看着，看不到花，但却知道那棵树又活了。

如果近一点，可以看到朱红色的花萼缝隙里粉红色的花瓣。有的花瓣的边缘，已经从花萼里探出来了。

苍黑、干枯、遒劲的树干和朱红、粉红、柔软的花苞之间的那种对比——可能看到梅花，也有相近的感觉。

但是，这是在西部荒凉的平原和山间，在黄土的背景上，在那种近乎不可能之中。

站在树下，似乎精神的某一处，凝聚成一个花苞，又痛苦又快乐地从某一个地方探出头来。

大地上，许许多多这样朱红色的树，有的时候是一丛，有的时候是一棵，有的已经开满了粉白的花，有的还是一团朱红的雾。

有的是在农家的院子里，几千几万的枝条，垂在屋顶和院子里。树下拴着一只大黑狗，吐着红红的舌头左看右看。

杏花的花枝垂在院子中间的碾子上。

田地间是碧绿的冬麦，那种让人想吃一口的嫩绿。

我坐在车上，车窗外边的大地，像镜头那样，在车窗外挪移过去，到处都是花树、田地。江南江北的车窗外，看出去，可能也都是这样的大地和花树和田地。

精神的某一处，一个晦暗不明、不敢自信的点，又痛苦又快乐地从一个地方探出了头来。

朝霞

那天早晨，看见朝霞的时候，妈妈还没有醒来。

就是在那天早晨，叫骂还没有开始的早晨，非常非常早，我光着脚，走出我的屋子，走到家里的那间大房子里，找水喝。就在那个时候，我看见了。透过大大的玻璃窗，我看见秋天的天空，朝霞像疯了一样汹涌，微光中，什么地方的树在轰鸣，声音像海，鸟群惊慌失措，急雨一样从窗子外飞过去。那朝霞非常有力量，向着一个方向汹涌，地上的屋子好像被那力量带着，歪斜了，向着一个方向斜过去，于是屋顶更尖峭，窗户变成菱形。

也许有人觉察了，我听到有人吱呀一声打开木门，他能看到什么？过年时候挂的灯笼旧了，没有坏掉，在门前摇晃，屋檐下滴着雨声。他看不到在远一些的地方，草像蛇一样疯长，圆滚滚的，绿得发黑，倒了的佛像就死在草丛里，含着几千年的笑。这个，谁也看不到。到过这里的朝霞，肯定也到过那里。

我还记得当时我在想什么，我在想，天上怎么了呢？朝霞很快消失了，天上甚至连一点死灰一样的痕迹也没有留下。然后，十年就这么过来了。

我还是那样，头发很短，永远笑呵呵的，四处寻找一段可以听的音乐。在乌鲁木齐，兰州，西安，北京，或者别的什么地方。

走路的时候向前倾着身子。

很少说话。把渴望，秘密，痛楚，都藏起来，只让文字泄露一点点。

十七岁，看见朝霞的早晨。朝霞消失之后，什么声音也都来了。我能听见远处山上的军营里，那些年轻男子出早操时的喊声：“一，二，三，四”。虎虎有生气的声音，从高高的，远远的地方，借着春天的混杂的风，直送到我们这一区的上空来。在杂乱的屋宇，积着脏水的小路，在菜地和果园上空，在尚处于休眠状态的小镇上空回响。

我总是能听见那声音，空旷地、悠远地传来。我怀着一种奇异而清凉的忧愁想像着那些男子的面容。那声音注定要穿透我的一生，在生命的另一端慨然显现。

春黄菊

那时候，每次回农场，都要经过那么一片绿地。跳下卡车，认了认方向，我们就往苜蓿地的方向走，苜蓿已经过了开花的季节，只在一大片墨绿中间，偶尔有一两点紫色或者白色的颜色。地边上，春黄菊的小黄花还是开得一簇一簇的，和离开的时候简直没有什么两样，这给人一种从来没有离开过的错觉，我们从小黄花中间穿过去，知道那深黄色的花粉一定是染在裤腿上了。

在苜蓿地的尽头，一条宽敞的白土路横亘在那里，路上有雨天留下的沟壑，但是脚踩上去还是非常踏实。路边是白杨林带，穿过白杨林子，眼前忽然就宽敞起来。什么也没有了，剩下的就全交给了碧绿的野地，一直到天边，也还是这碧绿的野地，远远地可以看见地里蹲着身子割草的女人和孩子，草地上照样到处都是深黄色的春黄菊，不把裤腿全部染黄了，简直不能走回家去。

第三辑

青春即故乡

我十三岁的第二十天

《原野》开禁的那一年，是1988年。我记得非常清楚，那一年我十三岁，我回到以前住过的小镇子上，去看我的同学。在那里，那个极其破败的电影院里，就要放映《原野》。那是我十三岁的第二十天，一九八八年八月二十五号。

我找到了我的同学，一个，是憨厚莽撞的老兄形象的那种人，我已经忘记了他的名字，我称呼他为W，另一个，和我一样，高，有着少年的瘦硬的、棕色的身体，他的名字我始终记得，我叫他，L。他们曾经是我的保护人，每一个中学新生，都要找到这样的保护人，组成一些秘密的、心照不宣的小小社团。以便在危机四伏、弱肉强食的中学里生存下来。现在，也还是一样。在哪里，也都一样。

他们不是我唯一的朋友，我还有别的朋友，一些更强硬、更成熟的高年级男生，我属于他们一派，他们扬言，如果谁招惹了我，就有他的好看。其中一个，我至今也记得，他家距离我家不远，两家的大人在一起工作。他极其英俊，有着明亮的大眼睛，挺直的鼻子，非常健壮，酷似后来日本卡通里的那些人物，他是大家的领袖，所有人都对他言听计从。他死在二十三岁，在一次并不危险的爬山过程中，他从悬崖上掉了下去，他们用了好几天才把他的身体找全。过早死掉的，也许还有别的人，我们都是幸存者。

我们三个，在 L 家外的野地里会合。那个时候是秋天，旷野上的玉米、高粱都已经成熟，还没有被收割，白杨树林子也变得金黄。我们就站在一个小小的树林子里说话，风吹树叶子的声音的确让人愉悦。我们都已很久没见，眼睛热切地盯着对方，似乎要把对方的灵魂攫取到自己的灵魂中来，囚禁，豢养。那个时候就有这种热情。没有理性的热情，初生的欲望，刚萌芽的海。根本拒绝选择，也不加以辨别。

我们去看《原野》，这个闻听已久的禁片。到小镇子上唯一一家电影院去看。那个电影院，还是三十年前的式样，《站台》里的电影院，就是那个样子。一共只有九个人，除了我们三个人，还有六个附近军营里的军人，一共九个人买票看电影，所以，电影院决定停止放映，那些军人派出代表去交涉，我们等候在大厅里，这个时候，外面开始下雨。

有一双眼睛始终在盯着我，从一开始就盯着我看。那是个来自南方的、英俊的空军军官，他穿着浅色的制服衬衣，衬衣上面也许还有肩章，那时候的空军的裤子，也许是蓝色的，也许不是，我已经忘记了，总之，他穿着军人的衣服。周围的环境、气味到现在也在记忆里，而且有着不可思议的精确，唯独他是模糊的。他开始站着，后来坐下，把一条腿架在另一条腿上，用手扳着，但是他始终在看我。

那个时候我十三岁，我还没有像现在这样，因为暴饮暴食而时胖时瘦，没有皱纹，没有疤痕留下的阴影，那个时候，我是个美丽少年，有一张洁净的脸。我很知道，从很小的时候，从他第一眼开始看我，我就知道。有的时候，我也为是否应该提及当时自己这种与年龄不符的早慧，这种过早的觉醒而有点犹疑，我没有别的顾虑，只是担心别人以为这是出自我的捏造。直到有一天，我看到了《洛丽塔》。我不再有这种担心了。

他始终看着我，我之所以知道，是因为我也一直看着他，被一个比自己成熟的人关注，是大多数孩子的成就和荣耀。而我显然已经知道，这不是简单的、理智的、庸常的关注，并不是所有的孩子都足以赢得这样的关注。于是我沉浸在这种被加倍的荣耀里，犹如衣锦夜行，秘密的喜悦却一点点湮开。

“下雨”造成了一个临时性封闭的、隔绝的空间，在这个空间里，偶然路过的人之中，因为没有后果和责任，因而暂时有了一种可以为所欲为的淫逸气氛，这气氛因为双方的陌生程度而加了倍。这是一场没有丝毫危险的、发生和抑止在想像阶段的高空走钢丝、木桶飞车，没有声音的角力，是毒辣辣的阳光照在黑绿色的蜡质叶片上，塔希提岛上的一个中午，荫凉藏在深绿里，果实上的红紫似乎可以染在手上，有人在溪流里喊叫，似乎所有的刺激都发生在想象里，而快乐并没有丝毫减少。

以下段落摘自三岛由纪夫的《假面的告白》。

“从坡上下来的是个年轻人。前后挑着粪桶，一条脏毛巾缠在头上，有一张气色很好的面颊和一双有神的眼睛，双腿分担着重量从坡上走了下来。那是一个清厕夫——掏粪尿的人。他脚蹬胶皮底布鞋，穿着藏青色裤衩，五岁的我，用异样的目光注视着他的这种样子。那意思尚未确定，不过是一种力量的最初启示，一种昏暗的难以想象的呼唤声向我呼唤。那清厕夫的样子最初所显现出的是带有寓喻性的。因为粪尿是大地的象征。因为向我呼唤的东西与作为根的母亲的恶意的爱，别无两样。

“我预感到这个尘世上有某种火辣辣的欲望。我仰望着肮脏的年轻人的身姿，那‘我想成为他’的欲望，‘我想是他’的欲望紧紧地将我束缚。我清楚地想到这欲望之中有两个重点。一个重点是他的藏青色裤衩，一个重点是他的职业。藏青色裤衩清晰地勾勒出他下半身的轮廓。它软软地颤动着，我不由地感到是在向我走来。我对那裤衩产生出一种无法形容的倾慕。

“因为，对于他的职业，我感受到某种极端的悲哀和对这烈焰焚身般悲哀的憧憬。我从他的职业中感受到极端感官意义上的‘悲剧性的东西’。从他的职业，溢发出一种所谓‘挺身而出’感、一种自暴自弃感，一种对危险的亲近感、虚无与活力的惊人混合感。它们逼近五岁的我、俘虏了我。也许我误解了清厕夫这一职业，也许是从人们那里听到某种其他的职业，因他的服装而错认，牵强地套在了他的职业上，若非如此，就无法解释了。”

一阵嘈杂从楼上传来，交涉的人获得了胜利，正在抱怨着走下楼梯，电影终于要开始了。我和朋友走进漆黑的电影院里，而他坐在我们后面不远的地方，当银幕上的光足够亮的时候，我可以看见他眼睛里的光，他还在看着我们，看着我和朋友说话的样子。

南海影业公司。《原野》。

他，那个彪悍的男人，仇虎，逃出监牢，带着仇恨，回到自己的家乡去。像希斯克利夫一样，他已经忘记了自己的仇恨从何而来，由谁而生，他只要完成自己的仇恨，给自己多少年的流离、冒险、痛苦，夜里的辗转一个交代。他需要报复，只要报复就足够，这愿望纯粹刚烈，根本没有一点杂质。他所要报复的人已经不在也不要紧，这愿望早就上了膛，把枪管都打磨得火红滚烫，不发都不行。

他的家乡正是秋天，原野上金红璀璨，就连他仇人的宅院，都清寂寥阔，他站在那里，似乎稍微有点犹疑。他的女人早都被迫嫁给了他仇人的后代，爱不到自己要爱的人，又长年累月地被自己不爱的人宠着，她渐渐地失了本心，向着坏女人的方向走，而这坏又没有实质内容，她担着这个名，抬着一张红扑扑的脸，在北方的原野上，摘一朵小野菊花别在头上，或者把一片木叶噙在嘴里，或者一片鲜红欲滴的浆果，都让她惊喜不已。就这么过一生吗？她没有想过，在白桦树间闪烁着她的脸。至今她也活在人群中，不难被发现。

然后爱和恨都要爆发，把秋天打破，雷雨也来了。兔起鹘落的逃亡的步子，粗重的呼吸，雨水把衣服和头发沾在额头上的那种不快，都一起来了。最后，他们看到了丛林间窄窄的铁道，和他们以为再也不会看到的家乡美景，就在那里，我们感到镜头似乎倾斜了一下，他们的一生也在那里倾斜一下，这个星球甚至不会感觉到失去了一点灰尘的重量。

那电影里，有一段非常美的音乐，听过一次，就再也不能忘记。

北方原野那种让人身心舒畅的美景也是不能忘记的。

电影还是那个电影，停在一小时四十四分的地方。而看电影的人却老了十四年。

我把 DVD 退出机器，那上面淡绿色的数字闪烁一下，慢慢消失掉。屋子里连一点光线都不要有。那些人，慢慢地在黑暗中一个个来了。

面朝大海，春暖花开

三十四号床的那个男人昨天夜里死了，没有挣扎，没有叫喊，不声不响地，死去了，就像是电影镜头的切换一样——天光由墨蓝转为透明的浅白，他躺在静默的微光中，静默着。

清晨来临的时候我并没有发觉他已死去，我依然像每天早晨一样，推开窗子，背对病房，面朝窗外的花园。花园很大，园子中间，有两棵开着白花的苹果树，碧绿的叶子和白色的花从黝黑的枝干上不可遏止地喷出来，一些早落的花瓣，在树下落成一个白色的圈，渐远渐淡。果树周围，点染在墨绿色树身上的深红色花朵是玫瑰，远看很有些画意，黄色的是蔷薇，沿着弯曲低垂的枝子一路爆着圆硕的花。那荫蔽着许多窗户的是金银花和山荞麦，它们被线绳牵引着，从花园里一直攀到四面的楼上去。当时就是这样，满园的花灿烂无比，浓香袭人，我的脸和前半身耿耿地迎着光线，向前望，而我的背影因为逆光却像是黑色的剪影，在病房的窗前。

那个男人是在七天前住进来的。长期患病的生涯使他成为一个熟练的病人。无须吩咐，他会自动地挽起袖子等待抽血，稍加暗示他就会侧卧在床上等待医生敲击他的两肋和胸腔。稍稍闲下来他就向人讲述他多年求医的经过，他病情的起因，反复和发展，他所有的化验单的内容，所有为他治过病的大夫的相貌、为人、家庭情况，还有他所经历的种种治病方法，那足以编成一部有关医术、巫术、气功的百科全书。患病使他成为一个见过世面、知识丰富的人，而他所有的知识都是从“疾病”这条枝干上生出的根须。有一天他向他的妻子和来输液的护士说，现在的科学已经进步到能够在动物身上复制人体器官了，如果他患病的脏器能够复制在一只动物身上的话，“我一定把它养得好好的哇，好好的。”他的声音里有一种令人不快的暖意，没有人接他的话，他的妻子冷着脸赌气似地把他扎了针的胳膊塞进被子里去，金属镊子掉进瓷盘里的声音毫无表情地响起。

在窗前站了很久之后，我意识到病房里有一种从未有过的安静与阴冷。我去看那个男人的时候就知道他死了。他的脸是深白色的，有一种蜡像的木然，在这幽黑而空气滞重的屋里，他的脸像一朵白色的莲花，不真实地漂浮在幽暗的河流上。他的身体如此轻而易举地成为一件毫无意义、可以由人随意摆布的东西，他将赤裸、被清洗、塞上棉花、冷冻。我敞着门去叫大夫。

他被运走之后床上还留下一个不大清晰的人形，我的目光像是被吸住似的不能从那里移开。半小时后有护士来为那张床换被单。她说如果我不敢在这屋住的话可以换病房。我说有什么不敢呢。她以为这是我作为一个男子的逞能的话，所以笑了。

还需要紫光灯消毒半个小时。十点钟的时候，我才开始输液。护士在去掉橡皮管时满意地说到底是年轻人，血管真好找。我从她的身边望过去，看到那张空了的床。而后我把脸转过来，这会儿看不见花园了，只能看见横纵的、缀着芽点的枝条将天空割裂成块。

这是春天，疼痛的日子暂时远去，我重新变得漆黑清亮的眼睛，和同样漆黑清亮的头发，在雪白的床上，显得很安静。

镜子里的陌生人

我清晰地记得那一天，我现有的一切，都自那一天开始。那一天，我结束了生命的蒙昧时期，我的青春期，自那一天开始。

让我来告诉你，那一年，我十二岁，那是秋天。

是在从前的家的院子里，梨树下，妈妈在那里洗头，她要我把水去倒掉，重新打一盆来，而她则站在窗前梳理头发。那儿，在窗台上，摆着一面镜子。在我把水放在木椅上时，我从那块镜子里看到自己，像看见另一个人。我看见妈妈哆嗦一下，她转过身来，长久地、疑惑地注视着我。就从那天开始，我像是被魔杖点醒了，我不可遏止地、反反复复地想从镜子前走过，从一切可以充当镜子的物件前走过，生怕别人窥破我的企图；从镜子里获得自己。从那天起，我结束了我的蒙昧时期，许多人终其一生也没有结束的。我摆脱了哀哭不止的童年，摆脱了长久以来和父母之间那种谜一般难言的憎恶和眷恋。在一切可以独处的时候，我长久地注视着镜子中的自己，直到那种疏离的、梦魇般的感觉屏息前来。

——镜子中的形象开始远离，镜中的脸孔变得陌生。像一片白色的、静止的火焰远离了它所附着的木柴，像月下的水波贪婪地、荒淫地吸收着光芒。镜子就是这样在我的注视里获得了生命力。我被慢慢吸吮至空，而镜中的陌生人却渐渐充实、饱满。我的心紧紧收缩，而后又变得超乎寻常地坦然：我已经摆脱了那种仅仅作为一个人孤独地存在的命运。

他们说，我长得不像我家中的任何一个人，他们没有恶意，我知道，那是因为我顺从自己的意愿塑造了自己。我通过那种不能合二为一的遗憾，把痛苦、暗喜、秘密、谎言，把我所看的每一次朝霞，我所能分辨的每一种草药，我所患过的每一种疾病，忍耐、顿悟，输入那个形象之中，使之丰富、充盈。我从此不再只是仅仅此时此处的这一个，镜子永远在别处观照。

镜子中的脸孔成为熔铸在我内心深处的形象，它幽暗的存在使我极度不安，直到有一天，另一个形象取而代之，直到 TA 成为熔铸在我心中的、唯一的形象。这种不安不再是我对自己感到的不安，而成为我和 TA 共同感受到的，因为生存，因为人群而感到的不安。

我们从此都摆脱了那种仅仅作为一个人孤独存在的命运。或许我们只是互相梦见，并用自己的形象在梦中设计着对方，而一旦进入彼此的梦幻之中，我们就再也不仅仅作为原来的自己而生存，而是为了接近彼此梦幻中的样子生活。怀带着这种遗憾，这种永远不能相见的遗憾，最后我们却创造了自己，创造了一个世界。分离使我更像 TA 了，甚而使我成为 TA。

这一切都源于开始，那一天，我从镜子里看到自己，从此苏醒。

唢 呐

他们说，那个吹唢呐的男人没有结过婚。一个男人，五十岁了，没有结过婚，他吹唢呐。这些没有什么关联的语句在一个人身上同时体现，像是露出水面的珊瑚礁连成了岛屿。他们说，他和他的侄儿生活在一起，他们是村子里最懒的人，他的侄儿什么都偷，晒在场上的麦子，摊在草垛上的衣服，没有归笼的鸡。

他的唢呐常在午后响起。午后的阳光，不论是春夏秋冬，都是一样毒辣地涂在瓦片上、叶子上，白亮地闪成一片。他的唢呐声就在那一片白亮之中响起来，发出声音的那一块于是仿佛猛地一陷，成为一个阴湿的、不可测的郁郁之地。那唢呐声也总是有些异域情调，像印度音乐，滚烫、焦灼，然而又是安定的，像中亚的那些植物图案，异常繁复与华丽，枝枝蔓蔓，不可细数，枝有枝的圆硕，花有花的诡异，相交相扣，你中有我，我中有你，颤颤巍巍地，像披挂着一身珠宝似地从那阴湿、深陷之地生长起来，渐渐繁复到连它自己也摸不着头脑，终于汇成一片灰白。那唢呐声就有那么一种华丽，不像平素所听见的唢呐那样惨烈或是悲壮。

他有时还会在夜里唱起歌来，敲着一只瓦盆或是什么。我奔到后窗前去往下看，原野上一片漆黑，家家户户都紧闭门窗，像是早早地就和大地融成了一片。唯独他家门窗敞开，有喑哑的歌声被送出来。

过年的时候那个男人死了。中午吃饭，妈妈往楼下望，诧异地说他不是没有结婚么？怎会有一个女人哭他？随即妈妈又自己解释说大概是他的姐妹吧。我们听一听，的确是有一个女人在哭，因为没有人应合，显得有些单调与乏味，不像平时葬礼上的哭，有领有合。妈妈又说，他怕是结了婚吧，夏天时候她见到有小孩子在院子里打树上的李子。正说着，送葬的队伍也就出了门，在乡间的白土路上扬起一阵灰土。

不几天春天就来了，杏花，李子花，白的，水红的，浅紫的，像涂颜色似的一块块涂了来，涂到这小城来，一块块地，白的，水红的，浅紫的，不几天就把小城给涂满了。

我的夏日广播站

电影《走出非洲》里，有一句旁白："我曾在非洲有一个农场……"。

如果有一天，我终于可以回忆了，我的开场白也许是："我曾经有一个广播站……"。

迎新典礼上，代表新生发过言，走下讲台，一位老师拦住我："这位同学，你等一下。"她目光灼灼地盯着我，热切得不容人拒绝："你愿不愿意到学校广播站工作？当播音员。"

1993 年秋天，我成为我们学校广播站的播音员。广播站在文科楼一楼，那幢楼，是苏联专家留下的俄式老房子，有宽大的旋梯、木头雕花的扶手、狭长的木框窗户，地是水泥的，抹得异常光滑，做成青砖的样子，房顶很高，离地三米还是四米？也许是十八岁的我还太矮小了。

楼前楼后，都是花园，丁香生长了有五十年以上，或许已经成了精怪，开花的时候，整个院子都像是被雪盖了，晚上被月光一照，白茫茫的花朵下面，是黑黑密密的枝柯，总有点妖异，还有大簇的迎春、小黄菊、碧桃，一季接一季地开着橙黄猩红的花，松柏的枝条遮天蔽日，一直伸到楼顶上去，几千几万只鸟停在那里，忙着发出自己的声音。

我们的广播设备，包括一个播音台，两架录音机，一个组合式功放，还有几百盒录音带，藏在抽屉里，从《梅娘曲》、朱逢博、《小芳》，到詹姆斯·拉斯特和喜多郎，还有美国60年代民歌，对于十八岁（后来是十九岁、二十岁）的孩子，那太多了，怎么听都不够。

每天早上六点三十分，我打开广播，放出音乐，毫不留情地吵醒所有人，然后在六点五十分放出第八套广播体操，中午十二点，转播虹云主持的《午间半小时》，下午四点，开始准备播音，五点，播音开始，半个小时用来播报学校的新闻、念同学的散文和诗歌，或者《中国青年报》和《大学生》杂志上的文章，半个小时播放音乐——包括同学点播的歌曲："八号楼405宿舍的某某同学，你的老乡某某为你点播歌曲《你的生日》，祝你生日快乐，天天有个好心情"，当然，更多的点歌条上写的是："某某，你的男友为你点播歌曲《轻轻地告诉你》，他想对你说，昨天都是他不对，他真诚地对你说声'对不起'"，不行，学校广播里，可不能正面肯定这种腐朽没落的男女关系，我们一律将"男友""女友"这样的称谓改成"你的同学"，将歌曲恶作剧般地换成《喜洋洋》，不一会，一张气急败坏的脸出现在窗外："为啥改掉我点的歌？"刚从中学校园走出来的我们，可是一身正气到近乎变态："学校不让放这样的歌！"

我得到了一些自由，甚至有滥用这自由的嫌疑。我渐渐在广播操前，加上一两首我喜欢的歌，早上，是《黎明不要来》，如果是下雨天，《午间半小时》前，会被我加上一首和雨有关的歌。我不只念同学的散文和诗了，我还念《中国青年报》上的《冰点》，念我所喜欢的李方的时评，念海子，念米斯特拉尔，念《尤利西斯》末尾的“我是山花”、《死者》里“整个爱尔兰都在落雪”那样的段落，还有尤瑟纳尔的《王佛保命之道》和《一弹解千愁》，我用了半个月才念完。时至今日，我还为我的过分“强烈”感到不好意思，我像一个不合时宜的贞子，带着强烈的爱与恨，从电线、电波，还有现在的报纸、网络，一切可能的地方，随时准备爬出来。

我们的老师王秋梅，于是多出一项任务，在纠正我们的发音断句、训练我们的播音水平、活动组织能力之外，还得替我们遮挡着——在我们念过《冰点》和李方的文章之后：“登在国家正式出版的报纸上的文章，为啥不能念？！”“学生应该多了解点外面的事情！”她是我们的胡舒立，或者江艺平。

到了大二，我有了师弟师妹，有了人接替换班，我于是得以在播音时间走出去，领略到广播节目在学校上空回荡的那种效果：夏天的黄昏，音乐和话语在天空激荡，周围是潮水一样的年轻人，走向餐厅，或者水房，脸孔被落日镀上一层薄薄的金色，我默默地走在他们中间，激动得难以言喻。大学的上空，如果没有广播，不论哪个季节，恐怕都难免成了“寂静的春天”。

记忆里的季节也发生了偏差，好像一直是夏天，我们在文科楼的窗台上坐着，荡着双腿，在楼顶上聊天，直到星星一下涌出来，我们在黄昏的野外漫步，芒草被落日镀上一层金光，星期天的下午，我们骑着自行车，去万里厂或者兰飞厂，大厂的星期天下午，道路宽敞，白杨树笔直，有种金灿灿的慵懒。

一九九六年，我离开学校，签完工作合同的那天下午，走进校门，接替我的师弟，在广播里为我播放一首歌，《God Bless America》。

离开那里，十几年了，上天有没有佑护到我，我不知道，被广播站记忆佑护着，却是真的，那落日时分薄薄的金色，春天夜晚的花香，为记忆，蒙上一层细细的光芒。如果有一天，需要细细追述，它应当这样开头："我曾经有一个广播站……"

知青歌谣

不知道有没有人和我一样，还惦记着知青歌谣。吉他，口琴，哀伤的小调，四句，或者六句。

以我的年纪，本应和别人一样，在后来出版的那几张名为《知青歌谣》《理想纯度》的 CD 上，偶然听到一点知青的歌。但命运和我开了个玩笑，让我在一九八六年的时候，和一九八二年的时光擦身而过——我听到的知青歌谣，还带着幽暗的温度。

那是一九八四年，妈妈做了一个错误的决定：她要回甘肃老家去。我们跟着她，带着一车家具，走了有一万里路那么远，在如今是兰州大学所在地的小镇子上落下了脚，我在那里念了一年小学，又考上了设在郝家营的第二中学。

每天六点起床，带点干粮，走上大约十里路，才能到学校，其间要经过一座大坡、小镇的街道、一片漆黑的白杨树林、火车站家属区、火车站的十条铁轨、火车站的仓库、化肥厂、有六七里路之遥的麦田间的白土路、两条大河、一个村庄，最后到达山脚下的中学。

学校和村子一样，都在山下，苍老的房屋之间，有一些树木，多半是白杨和榆树，杏树和果树也有，但那要到春天才能辨别出来。学校里也有白杨，夏天黑绿，秋天金黄，坐在教室的窗前，可以看见白杨树叶子掉下来。学校后面就是望不到边的、北方的荒山，即便站在山头也看不到山的边界在哪里。山上偶尔有几片地，种着小麦或者糜子，还有一个空军的兵站，住着几个年轻的兵，天天下山来在村子里走一走，眼睛黑亮亮的，不喜欢说话。山顶上照例会有一棵树，简直不知道是什么人种上去的，要派什么用场。

黄昏的时候，落日红得像血，把荒山和河床都染成红色，如果是坐在山头，会非常非常哀伤。兵站的导航灯在那个时候就亮了，荒山像只卧着的兽，灯给它点上了眼睛。

村民和当地的同学在唱一些歌，在任何地方都没有听到过："马莲河水向东流，向呀向东流，有一个年轻的小伙子，他站在山岗上，他在默默地思索着，该怎样杀害他的妻子，所以他就默默地思索着，站在那山岗上。"还有很多，都是这样，朴素、哀愁、深沉。

我问同学们，这是什么歌，他们告诉我，这些歌，是在村子里插队的知青留下的，他们都会唱，还把歌词抄写在本子上。都非常简单，音乐只有几句，回环往复，填进不同的歌词。还说，如果我早两年到这里来，还可以看见最后一个知青，他在那里一直待到一九八二年，"特别老，好像有三十几岁了，老在郝继军家的小卖部里买郝继军他爸卷的五分钱的烟"。

知青的故事，在那时候，像开了闸一样涌到我面前来，地摊杂志上的知青回忆录、知青复仇故事、知青报告文学，和稍后一点读到的，老鬼写的《血色黄昏》。我在荒凉的山脚下的小村子里，听着他们留下来的歌此起彼落，想着他们当年在那里，看着血红的太阳落在看不到边的荒山背后，默默地思索着，关于人的命运的一些事情，我会跟着唱起来：“马莲河水向东流”。到现在也是，“命运”和“马莲河水向东流”之间，从此有了奇妙的关联。

好多年以后，见到了那张《知青歌谣》CD，里面有《新疆的英孜》《哈尔滨姑娘》《寒风吹破窗户纸》《思乡的月光》《病患者之歌》《天涯孤客》《沈阳知青小调》，只是，唯独不见我那首：“马莲河水向东流”。

当时的月亮

那一年我们都只有十六七岁，有一天夜里，我们从我们那灯火疏落的小城出发，沿着山路步行到十几里以外的森林公园去。

那天是月中吧，一轮满月在黑黝黝的群山和松树背后移动，使得那山和松树都像是黑色的剪影，有几次月亮快要被山峰挡住了，片刻之后却豁然而出。不知走了多久，在两座山峰之间，那月亮再无阻挡，像下了决心似的一跳，从山与松之后跃出，定格在无限澄净的天空。那一刹那，满山遍野的树与草都如同翡翠似的碧绿透明，原本黑暗的地方，变成了暗紫与深蓝，偶有风过，这一切的碧绿、暗紫、深蓝，和着闪光的夜露，竟然在波动、在变幻。月下穿着蓝色或白色衬衣的我们，眉目都变得无比俊朗。那一刹那，原本吵闹着、追逐着、说唱着的我们，竟不约而同地静默下来。

面对那样的月，面对满月一样的青春，我们也唯有静默吧。

中学毕了业，我在家里无事可做。家人待我渐渐不同以往，我也时时为自己的多疑、没良心和负疚感折磨着。那时候是冬天，楼后的旷野和村落被雪盖着，夜里被那炯炯的月光一照，竟像是白昼，大地、杨树、屋顶，都有一种泛着蓝意的白。过年的时候，家家都挂了红灯，静静地红着，像是东山魁夷画里的情景，我时常在窗前坐到夜深。然而，沉湎在画里的人生是多少有些不健康、不负责任的吧。我坐在由窗外映进的月光里，渐渐觉得那月光有些杀机。

再后来我进了大学，在那一年的秋天。我们文科楼是俄式的建筑，楼里的旋梯和窗格子都是雕花的木制品。有一天夜里我回教室去上自习，在旋梯上看见月光从窗子外映进来，平平地铺在地上，像一块白纸，我踏进那一块白色去，简直觉得不像真的，有些怜惜那一块白被我踩脏了，却还是奢侈地走过去了。从来没有过那么踏实的一刻。

有时候我们在宿舍里，借着那月光讲鬼故事，窗外是黑森森的果园，黑森森的芦苇地，再远些是油黑闪亮的河水，和偃卧着的山，而天上是一弯铮铮的金钩子似的月，在一点一点向着山坠下去。故事讲到静默，远处野地里农夫的歌声却响起来了。

昨天夜里我半夜醒来，脑子里却还是梦里笑与闹的余响，在那余留的恍惚里，我借着窗外投进的月光，在墙上变换着手影，却忽然没有道理地想起里尔克诗的题目来：《严重的时刻》。我还是重新睡去了，像往常一样。

危城记

有一年秋天我们这一带传言说要地震，附近大城市的有钱人纷纷避到我们这个小城来，小城的宾馆和招待所顿时爆满，还有许多人住不到房子，就睡在汽车里，入夜之后，大街上的汽车排了总有一里路长。我的一位朋友，在宾馆里当服务员的，兴高采烈地盘算说，这个月的奖金一发，她就要为她的男朋友做一套西装。

然而据说我们这个小城也在地震带上，实在也好不了多少。我们的邻居和我们一样无法可想，索性非常坦然，较为积极的表示是在大街上散步到天黑，或是看电视到深夜，并且在卫生间堆满了方便面和矿泉水，串门的时候，大家打开卫生间，参观和比较着，看看别人的储备是否较自己丰盛。

地震给我们带来的不只这些，久病的人会成为良医，而地震却使我们在短期内都成了自然科学家和哲学家。看着天空时，云彩就有些奇形怪状，是地震云么？朝霞和晚霞也都有些异样，是地光么？每天处在这样的轻度自虐状态下，我们索性全都大彻大悟了。楼上的新婚夫妻吵架，旁人这样劝他们："都要地震了，还有什么想不开的呢？"他们果然不吵了。

有一天深夜，不知怎的，忽然来了一场雷雨，楼后一家农民养的几头猪突然惨厉地狂叫不已，引得附近的群狗狂吠。我躺在床上，头脑异样地清醒，只是想到终于来了。我浑身发热，原本很糟的心脏一下一下跳得极慢。

第二天我们惊喜地发现自己完好无损，什么都没有发生。见了面我们纷纷议论着，才知道那农民家买了一头半大的新猪，很是受老猪们的排挤，因而惨呼不已。这样的非常时期，这样不知顾全大局，真是该杀的。

在张爱玲的《倾城之恋》中，香港的沦陷促成了范柳原和白流苏两人原本不被看好的姻缘，因而我想到，地震是否有同样的效力，使得原本观望和试探着的男女们觉得身外的一切全都靠不住？可是身边的人并没有因为地震将临就忙不迭地结婚。一般人对地震、战争、死亡的态度，恐怕和对特异功能以及不明飞行物的态度差不多，都是很愿意相信而不大相信，除非是自己亲身经历了。谁都不相信自己竟然会死去。看！我现在不是活得实实在在么？大多数人都把死亡当作是一种会使生活和思想虚妄起来的东西。

我想起以前见到的一些报导萨哈林岛震后的照片，有一张是一个金色头发的小男孩，半截身子给压在废墟里，旁边站着一个高大健壮、英俊挺拔的男子，满脸的慌乱，好像是他做错了事。图片说明告诉我，小男孩向他的父亲呼救，而他的父亲面对着六十吨重的水泥块无能为力，只能看着孩子疼痛至死。那样英俊的父亲，恐怕曾经是孩子全部的骄傲吧，可以教他打棒球、做模型，在孩子眼里，简直像天神一样无所不能吧。可他并不因为做了父亲就有了神的属性，他也是由小男孩长大的。我倒希望那个孩子不要在死前经历这么一番偶像破灭的惨痛，更何况，这偶像还是他的父亲。

地震传说盘旋了十几天，却并没有任何实际的迹象，就好像医生举着针管，却并不立即扎下来。于是，它渐渐成了一个笑话。黄昏在街上散步的人们，相互遥遥打着招呼："躲地震着呐？"

终于有一天，地震总算来了，是在清晨，睡梦中的我们被一阵剧烈的摇撼惊醒了，我们全都忘了那些防震知识，脚不点地地跑下楼去。楼前的空地上，站着我们的邻居，全都穿得稀奇古怪，我们一边互相嘲笑着，一边望着楼，看它是否会塌掉。然而没有，后来我们知道震中不在我们这里，于是我们又心安理得、若无其事地活下来了。楼上那对新婚夫妻，当天就开始吵架，好像是在为所有的人作出保证：地震终于过去了。那吵嚷声，真是生活的天籁。

楼后的那些农舍，在那几天里，金灿灿地开了一院子葵花。远处田野无垠，天空青碧，秋天来了呀！而我们照样无所事事、懒散地活着，照样和最爱的人互相伤害，并且没有宽容和谅解。人生里惨痛的事——多得是！谁也不会因此而学得乖些。

离别在一九九六

一想起“毕业”和“离别”，首先被唤醒的是嗅觉。芦苇的味道和河水的气息，立刻如此真切地出现在鼻腔里，与“离别”捆绑在一起，是再也错不了的氛围注脚。

我们的学校在郊区，出了校门，左转，走上两百米，就到了黄河边。毕业前的那两个月，课业和考试都形同虚设，出去找工作也不过是让自己的恐慌有个着落，时间突然像退潮后的河滩，赤裸裸地晾在了我们面前。

有人喝酒、通宵看录像、放声大哭、焚烧自己的课本笔记、在两三个月里谈好几次恋爱，有人则突然觉出自己的虚度，想尽一切办法把眼下的时光抓住，班上的几个男女同学，开始歇斯底里地在宿舍楼前打羽毛球，从早上天刚亮一直打到凌晨两三点，并伴以情绪高涨的、不正常的笑声，一个打累了，另一个换上，半夜在宿舍里醒来，都能听得见羽毛球弹在拍子上那种“嘭嘭”的声音，终于，他们被愤怒的宿舍管理员给呵止了。和他们那种刻意放大的、表演性的恐惧比起来，喝酒之类，简直不算什么。

我和比较亲近的几位同学，则尽力从那种惶然中躲出去。我们的时间，都消磨在河边。在果园、芦苇荡、铁桥和河边那些石头砌的长堤上，我们度过大学的最后两个月。

常和我一起去河边的，有宿舍里的老大、老五、我（排行老七）、老八，还有我的同桌Z。老大、老五和我以及同桌Z，都来自兰州附近的县城，老八则来自甘肃中部的高考状元县，老大生性沉郁，老五闷骚，同桌Z富有才华、聪颖机敏，老八天性乐观，还有点玩世不恭，喜欢打游戏和看录像，更像理工科的学生。我们通常嘻嘻哈哈地从学校走出去，左拐，经过河边的荒草地，走到果园（多半是苹果树、桃树和枣树）里，再从果园走到黄河边，在芦苇荡那里看着落日又大又红地从河流的尽头落下去，然后去那座只能供两个人并排行走的铁桥上坐一会，在桥墩和输油管道上看着星星和河两岸的灯火亮起来，再起身，慢慢走回学校。

我们从不提毕业以后的事，工作、结婚之类，毕竟是师范院校，在一九九六年，只要不十分挑拣，总能找到一所学校去教书，而且，我们学校有种奇异的涣散的空气，使我们从不觉得自己在念大学，集体的观念也一向很淡薄，我们的哀伤因此都很模糊。

我们只是互相打趣着、推搡着走完这一路，有时候谈文学，或者大声唱歌，有时在河边的荒地上捡些枯枝来，点起一堆篝火，看着它烧完。经过荒野里的这一段路，再回到学校，当灯火通明的学校出现在面前的时候，都有种恍如隔世的感觉。

然而，学校里的那种惶然，并不因为我们的不在场，就有所减少。有一天，积攒的情绪终于到了顶峰，毕业生们突然开始焚烧被褥、扔暖水瓶、并配以敲脸盆饭盆以及唱歌和哭喊，校长和各处室的头儿们全部出动，在宿舍楼前喊话，要他们克制，然而，一个饭盆却准确地扔到了校长脚下。眼看快要失控的时候，突然下起了大雨，整个宿舍楼，突然静默了下来。雨停了，有人点燃一张报纸从窗户里扔了出来，那张燃烧的报纸飘浮着不肯落下，衬着墨蓝的夜空，又美又诡异，让我们看得目不转睛。

离别就是结束么？不，才是开始。我们的命运各不相同，老大去县城中学当了老师，为这篇文章我通过网络搜了一下，他现在是那所学校的教导主任，老二、老四、老五、老六也都是老师，中学或者小学，同桌Z是中学老师，同时是著名的青年书法家。别人也各有各的生活，有的成为包工头，有的成了刑警，有的开公司。

每次回想，我都会为这种想法着迷：人和人之间的差异是怎么来的，是什么让曾经同在一起的少年，最终成了完全不同的人？它是如何日积月累的，是如何埋设的伏线？而这种差异，要在离别之后才显示出力量。少年们的人生，在离别之后才宣告开始。

哀伤是延后的，当时并没发作，却在我离开学校后的两年、五年、八年、十年后，以及听《校园民谣》的刹那，甚至写这篇文章的时候发作。我突然难过得无法言喻——我知道我回不去了，而那场离别是一个拐点。

我失去的音乐课

老师在粉笔盒里挑选一下，选出一支粉笔，在黑板上写下“1”，然后，她教我们唱：“do——”，全班的孩子跟着她一起唱：“do——”。

策勒第二小学一年级的教室宽大明亮，我焦躁不安地坐在课桌后面，我的焦躁不安是因为，这些音一下就唱会了，却要用一节课来学习，然后，还要慢慢地学习它们最简单的组合，一学期很快就过去了，而根据我的观察，要能完整地学习唱一首歌曲，至少也是三年级以后的事了。

同样使我焦躁不安的，还有语文课、数学课，那么简单的字，看两眼就学会写了，却一节课也学不了几个，那么简单的数学题，也要一遍一遍地重复讲述其中道理，按照这样的速度，用文字自由地写日记，用数字做运算，几乎是太遥远的事情，我简直没有耐性等到那一天，我为同学们耽搁了我的时间、延误了我自由表达自己的进程而感到相当不满，用有气无力的唱和念，表达这种不满。期末的评语上，一年一年，我被写上“太骄傲”“容易骄傲”，大概就是因为这种不耐烦和这种不满。

终于可以唱完整的歌了，《海鸥》《我们的田野》《每当我走过老师窗前》，我尤其喜欢《我们的田野》，那是一首美丽的歌，我一边唱，一边想象着歌中的情景，碧绿的田野，明净的湖水，浩荡的芦苇荡，一边兴奋地东张西望，看看有没有人和我感受一样，但我很快失望了，感受不可能写在脑门上，他们的脸，看不出一点因为这个歌所带来的改变。

我始终焦躁不安，在任何一个学习的过程中，都被轻微的、像刀子轻割一样的感觉骚扰着，始终不能释怀。

多年后，我在一部电影里找到了相同的焦躁，《春风化雨》（《死亡诗社》）里的老师，对学生们说“抓紧时间，让你的生命不同寻常”，年轻的伊桑·霍克，鬓角墨黑，整齐得像刀裁过，脸红红的，鼻尖沁着汗珠，一次又一次地写着：“Seize the time。”时不我待，必须烟尘滚滚地飞奔，没命地向前，才能让内心的紧张，稍稍得以缓解。

然而，焦躁分明是没有用的。离开新疆，离开午后风吹白杨树叶子的声音，来到夏管营，那里的小学，是没有音乐课的。后来在深山里的二中，有音乐课，但校长这样介绍他引来的音乐老师“她是我们聘用的待业青年”，底下的同学纷纷八卦着她的身世，指出，她爸爸是镇上的裁缝，“她就是李裁缝的女子嘛！”她穿着当年十分流行的，白到透明的紧身裤子，教我们唱一些曲调生涩的流行歌，多年以后当我扎进台湾民歌的海洋，才知道那大多是陈淑桦在海山唱片时期的作品。大概是，他们家，只有这样一些录音带吧。

接下来念的一中，也有音乐课，但老师永远有事，匆匆地露下面，就离开了课堂，我们非常失落，就自己唱歌，终于越唱越大声。隔壁班上的英语课上不下去了，老师转来干涉，他一走，我们唱得更加歇斯底里，终于唱累了，全都无趣地停下来。

音乐课从此和我阴阳两隔，我的音乐老师，从此是我妈妈，她教我唱谱子；试吉他，教会我和声；是所有听两遍就能记住的那些歌，教我体会人生况味。

一直到一个月前。假期回到老家，我去了母校一中，在操场上，看到我的师弟师妹们在做文化周演出。开场第一个节目，是一支由学生组建的摇滚乐队带来的，他们唱的第一首歌，居然是许巍的《时光》。

我站在晚风中，内心激荡，听他们的歌听到摇摇晃晃，我知道世界会越变越好，这世界会变出我想上而没上到的音乐课，变出我只在科幻小说里读到的生活，变出我想要却恐怕等不到的药，变出我想也想不到的自由，越变越好的世界，我伸长了手，也够不到。

我们永远焦躁，永远知道时间有多珍贵，却永远生不逢时，必须学会被搁置、被拖延、被消耗、被放弃、被当作实验、被当作铺垫、被当作引子，犹如越热爱，越激动，却越会被搁延的音乐课。

青春元年

到了一定岁数，回过头看，记得最清楚的，念念不忘的，反倒是那些我没得到的东西，没做成的事情，或者在不应该的时候失掉的人和事。

五岁的时候，妈妈送我去考小学，老师笑吟吟地在黑板上出了十道数学题给我做，唯一没做出来的一道，至今我也记着，是“13+7”等于多少。尽管后来还是考上了小学，但我把这事记了许多年，始终耿耿于怀，恨不能乘个时光机器回到一九八〇年的新疆策勒二小，在黑板上填个“20”上去。

还有，小学二年级，有一天，爸爸似乎心情特别好，一定要带我去书店买书，而且一定要买一套《三国演义》的连环画给我，而我偏偏就要一套人民文学出版社的《西游记》，爸爸最后是买给我了，但是非常不痛快，一个下午不和我说话。因为得到得不痛快，所以我也一直记着，那套连环画是三块四毛三，而《西游记》是三块四毛二，我坚持要，却没有便宜多少，所以更心虚了，一记就是二十二年，现在又为自己的一直记着，多了些不好意思，更会一直记下去了。

没有得到的东西，还多着。那时候家里的环境还算好，订着许多杂志,《大众电影》《当代》《报告文学》《青年一代》《八小时之外》《生活与健康》，等等，妈妈还会零星地买些《春风》《十月》《科幻世界》回来，属于我的杂志，有一本《看图说话》，后来是《好儿童》。但是，我非常想要一本专门刊登儿童文学的《巨人》杂志，妈妈嫌贵，更不相信我能看得懂，始终没有订给我，我不得不到隔壁同学家去看，又不能拿走，必须当场看完，所以耿耿于怀地一直记着那杂志的价钱，当时是八毛三分钱一本，而当时的鸡蛋是两分钱一个，我用今天鸡蛋的价格换算了一下，大约相当于今天的二十块钱，的确是不便宜。没得到的，就记着，也真是有点贪。

《巨人》上面，通常都是些长篇的儿童题材小说，我记得的有一个，讲的是一个小男孩找妈妈的故事，那孩子叫“黎明”，似乎吃了很多苦，但最可恨的是，那小说是连载的，我没看到后面的，就一直不知道他找到妈妈没有。二十多年了，即便真有这么个叫“黎明”的孩子，恐怕也做了别人的爸爸了，但我就是一直惦记着他找妈妈的事情。

《看图说话》至今我也记得，非常沉厚美丽的一本书，里面的图片疏疏朗朗，文字也淡淡的，大大的宋体字，一撇一捺都有种特别的韵味。大概那时候的房子不挤，又不要钱，所以画画做版的人心境也宽敞，一页大纸上，有时候只放一张画，却非常耐看。

有时候他们也用故事讲道理，但绝对不冬烘，有一期里有个故事，画的是三个孩子，在路上捡到了西红柿和黄瓜，思想斗争之后，终于没有洗了吃掉，而是追上失主，还给了他。西红柿和黄瓜都用

［慢慢长大］

我 1 岁时，在于田劳改农场的苜蓿地里。

我长大一点后，这辆小童车，就被丢在姥爷家的后院里。我在野外捉到过一只戴胜，带回家后，就拴在这辆童车的腿上。

我的阿囊和我。

我出生 1 个月之后，她到我家，开始带我。她没有生过孩子，很喜欢我。妈妈把我送到农场姥姥家的时候，她大哭："米尼巴郎！米尼巴郎！"（我的孩子！）还说她愿意不要工资，跟我去乡下。我去农场的第二天，她找到我妈妈："我给你 500 块钱，你把孩子送给我。你才 30 岁，还可以生娃。"

妈妈和我还有三弟，在策勒县中心的花园里。

17 岁生日那天早晨，在野外，那天早晨的阳光非常好，给所有的一切都镀上一层脆薄的金。那时候，我们已经搬回兰州附近的小城，在那里生活了 7 年。从那以后，我把那里当作我的老家，我知道我还会回到那里。

18 岁，在大学附近的荒野里。拍照的是我的同桌赵军。

25 岁，在天水的德国大教堂前。

2000 年，在朋友的画室看画。拍照的是我的朋友王海林。

28 岁，在兰州大学。背景里的这幢蓝房子，在 2012 年被拆除了。

浓浓的颜色，画得非常大，不成比例，却不突兀，三个孩子，捧着颜色那么好看的果实，走在宽敞无人的路上，路两边尽是用水墨画出来的疏淡的树，有种萧萧的秋意。

那杂志，似乎永远有那么一种疏淡的、温暖的秋意，那是那一代的书生身上的秋意，他们老了，走了，这秋意就再没了。我们这一代，也算是书生吧，却不得不张牙舞爪的，像日光灯，不得不亮晃晃地挺着，刺目，紧张，难堪。

有一期《看图说话》的封面，是两个女孩子，裹着红头巾，站在一棵长满手掌形的红叶子的树下，往篮子里装红叶子。采红叶子做什么？二十多年后我也还是不知道，但我活多久，就有多久忘不掉。

妈妈一点不担心我们会学坏，家里的杂志都放开给我们看，根本不像别人家那样藏着掖着。那时候闹小说荒，到处都如饥似渴地需要故事需要小说，《当代》上的小说，无论长短，过不了几天就会给改编成电影。

我记得的有丛珊演的《恋爱季节》，是拿《春夜，那双凝视的眼睛》改的，电影里她穿着白色的高领毛衣，外面又加了一件浅色风衣，不系扣子，从长满古树的林荫道上走过去，背后配着钢琴曲，典型的八十年代那种沉着的浪漫。电影里，她演一个攻读硕士学位的女子，看足球赛的时候，遇到个生性开朗的普通工人，却犹豫着该不该和他在一起，最终还是决定抛开一切世俗成见去找他了。大概那时候，工人和读书人的地位刚刚有了掉头的苗头，而且这读了许多书的，还是个女人，更加值得当作一个问题提出来了。

七十年代末八十年代初的电影电视，因为刚知道浪漫，不得要领，一旦要点情调，格外偏爱海边，动不动就虚构出一个“滨海市”来发展故事，年轻的归国女华侨（有的时候是女特务），穿着一身的白，系着红纱巾，戴着遮着半个脸的太阳镜，在海边走来走去，终于遇到一个在海边写生的男画家，两个人在慢镜头里追来追去，挥着红纱巾，白皮鞋也沾满了沙子，男的永远追不上女的，最后跑不动了，往往又能及时地摘到一枝野花噙在嘴里。

因为非要穿着白衣服在海边追逐，有时候就不得不以丧失真实性为代价，上一个镜头分明还在北方，下一个镜头就到了海边，这种场景因为太虚假造作，被人诟病，终于渐渐消失掉了。

八十年代以后的的电影电视，就略微务实些，把浪漫场景挪到大多数地方都有的林荫道上去，依旧是追来追去，但有了苍黑古朴的树干做底子，终究沉着些。《恋爱季节》等电影，还有后来中央电视台的《外国音乐》，就常常把画面落在林荫道上，常常是秋天，满地的黄叶子，而且会有一个穿风衣的人踩着叶子走过去。

我妈妈留下的照片里，也有这么一张，是一九六六年她在北京照的，照片里，她坐在一张长椅子上，微微笑着，背后尽是松树柏树，光线很暗，但还是可以看到那些粗大的古树一棵棵排列着，一直延伸到很远很深的地方去。她跟我说，那照片是在中山公园拍的，他们一大群中学生，走累了，在那里休息一下，就拍下了那照片。

王小波的《黄金时代》里，也有这么一段，写的是过去的北京，还宽敞凉爽的年月，林荫道上漫天漫地的金黄的叶子。所以，从那时候，直到现在，我一想到“浪漫”两个字，首先想到的就是一条秋天的林荫道，金黄的叶子落下来，被风吹着，又像潮水一样袭上去。路边又有空空的长椅，在那金黄的叶子上，走一生一世似乎也没什么不妥当。所以我买了许多件风衣，长的短的，黑蓝的米黄的，却难得有穿的机会。

那时候，我们还来不及设想，自己的喜好会不会在将来变得落伍，我们只管沉浸其中。因为先看过小说了，我们全家都非常得意，一定要告诉别人，那电影是什么小说改的。

似乎我们看过的小说改成的电影还格外多，《赤橙黄绿青蓝紫》等都是，我们一看到电影杂志上有介绍，说电影已经拍成了，就立刻把小说原著翻出来再温习一遍，看电影的时候，也格外理直气壮，似乎自己和这电影已经提前发生过什么关系了。

《春风》上，也常常有些好文章，有那么几期，长篇大论地讨论小说《女俘》，因为里面写了所谓的“人性”，所以，十几年后，我上了大学，看到我们的教材上还在讨论“人性”该不该写，就非常不耐烦，逃课到图书馆去自己看书和写小说，再也没进过课堂，大概因为老师也有几分欣赏我，而班长也暗地里替我遮掩着，所以我的逃课始终也没东窗事发。

《春风》上,我记得的还有一篇非常惆怅的文章,叫《女友阿蛇》,写的是旧社会的事情，里面有个苦命的女孩子，非常深沉抑郁，她母亲生病，没有钱治，她和“我”听了别人的传说，把铜钱埋在地下，指望着能一个变俩，再挖出来的时候，却还是那么多，阿蛇颓然地说了一句我至今也忘不掉、至今也在咀嚼的苦涩的话：“几个小钱，也救不了命。”偶然她也展露孩子的的天性，把菜地里的一棵葵花头打掉，然后就会生出两个头来，再打掉，就会生出四个来，终于，一株葵花就变成了一个花头累累的怪物。我在农场的时候，也做过这样的事情，所以一直记得。

《青年一代》是上海的杂志，算是那些年的“小资”刊物，登些明星故事、美化居室、养花集邮收集火花的文章不说，还经常会有“上海滩黑帮”“今日霞飞路”一类的明目张胆的怀旧文章，王安忆《长恨歌》的故事，源自真实事件，在那时候就被写出来过，题目好似叫“上海小姐之死”什么的，有时候，也触目惊心地登着《姑娘！你要警惕》一类的案例。

杂志的最后几页，还会有读者来信和漫画，有一期，有热心的读者建议说，现在电影里人倒下的场面实在太难看，尤其是革命者，僵硬地倒下去成什么样子，他建议了一个姿势，并且绘了图，详细地描绘了倒下时应该先放哪只胳膊，另一只胳膊放在身休的哪一侧。

大概因为，当时是在一种“复苏狂欢”般的气氛里，所以，人们有一种大事小事“人人有份”的真诚态度。如今想起来，就像在头脑的黑暗荒野里打着雪亮的探照灯扫了一扫，一刹那的光芒里，什么都比现在鲜活，争着吵着要涌到那光线里，声音扰嚷，却不敢说是心酸。

我看到的，也不尽是杂志，妈妈在图书馆里有借书证，经常借些名著回来，别的我都不耐烦看，所以都不记得了，有一次她借了本《情仇》没有还，因为一直看见，那书我倒是记着。那个小说后来也拍成了电影，就是张金玲演的《黄英姑》。还有一本《括苍山恩仇记》，里面我唯一记着的一段，是富豪把复仇的农民捉了去，倒吊起来，血都聚到那人头上，终于把那人给折磨死了。

不能不说《大众电影》。自从它复刊，家里就一直在订阅，我所记得的那个时代的明星，都是从那里看来的。每个月《大众电影》

来的那天，等于是小型的节日，大家都隐隐地有种欢喜，因为有《大众电影》可以看，全家通通看过后，妈妈就收回去，临睡觉前，点着床边的灯，再细细看一遍。妈妈这临睡前看《大众电影》的习惯，我一直觉得有种难言的优雅和自信在里面，但是学不来。

周末的时候，妈妈还搞些聚会，南疆的汉人少，所以非常团结，又没有什么娱乐，经常找些理由聚在一起，野餐，春游，打猎，包第一顿韭菜饺子，或是水果下来了，或者是晚上有新电影，都是聚会的好理由。

妈妈人缘好，大家很愿意来我家聚，每次在一起，谈的无非是刘晓庆，《我的路》《画皮》，各自老家的旧事。新来的《大众电影》和《当代》就在大家手里传来传去。

新疆天黑得晚，但聚会到九十点钟也就散了，送客出去的时候，天边还隐隐地有点晚霞的红黑的灰烬。各自道着别，在晚风里，声音似乎很远了，不过送个客，转个身，一会儿的工夫，天一下就黑了，清凉顿至。那情景我一直记着。

后来我们流离失所，频频搬家，回到老家的农村，经常要和邻居吵架，再也看不起电影。妈妈也用一只大木箱子把以前的杂志统统装着，花了运费运到一万里外的新家来，而且，又开始省吃俭用地订着《大众电影》和《当代》，有人要借，她也非常舍不得的样子，偶尔丢失了一期，她就非常不开心。这里面依然有种优雅和镇定，我能体会，说不出来，也学不来。

一九九九年妈妈去世，留给我们一大箱子《当代》和《大众电影》。

二〇〇四年，我接到《大众电影》的约稿，开始给他们写稿子，对我来讲，这是荣誉。妈妈要知道，不知有多高兴。

后来“法制文学”泛滥成灾的时候，我已经上了初中，同学手里都是那种杂志，两块五一本，封面都是一式的粗陋花哨的图，里面鱼龙混杂，什么都登。但是，毫无疑问，我被这杂志迷住了，被那些谋杀故事、民间恐怖传说，被那种浓郁、阴郁、黑色、疯狂的气氛迷住了。至今我也喜欢在地摊上搜罗这些旧杂志，又怕脏，戴着乳胶手套看。

那些杂志上的故事，文笔都好，又懂得营造气氛，很少有哪个是直奔主题的。印象最深的有个短篇，写的是知青故事，开篇引了一首民歌叫《紫花地丁》，主人公是一对知青情侣，在乡下插队的时候，女的被支书强奸，愤而跳崖，男的多年后重返乡村，用离奇的手段复仇。那篇故事，从头到尾都不忘记描写落日下的紫花地丁和小乡村的阴暗压抑的生活，气氛十足。

还有个故事叫《猩红的姐姐梅》，也是谋杀案起头，随后，小县城里有头脸的人都牵扯进来。有个女心理医生，给嫌犯心理分析，爆出他当年和母亲乱伦的经历，也是有景色描写，落日照着那种叫姐姐梅的花，血一样的红。

还有些好看的民国故事。有一篇写两个大家闺秀，郊游的时候迷了路，夜里远远地看见一座楼房亮着灯，敲门求宿，有个满脸皱纹的老太太举着蜡烛来应门，睡到半夜，就有惨叫声、木门吱呀声、磨刀声，四处一看，原来这楼房的主人是个心理变态的医生，为避开仇人远走异国留学，回来之后大开杀戒，先杀仇人，逐渐什么人都杀，楼房里尸体内脏堆积如山。后来的故事是好莱坞恐怖片里常有的，年轻女孩子跌跌撞撞到处逃跑，终于跑了出去，带着人再回来，小楼房却已经火光冲天。

这些故事根本不讲道理，也不寻求什么意义，里面的人物要么面目性格模糊，要么故意有个俗套的形象，不过用来承载一个故事，用这故事完成一个气氛，在读的人心上留下些印记。如果要拍成电影，大概只有于仁泰能拍出那气氛来。

那一类的杂志当年实在是多，几乎是铺天盖地，所以书商可能一时也找不到那么多的作者来写，有时就把琼瑶、金庸、梁羽生的小说和《三言》《二拍》拿出来登上一段，最早看到的琼瑶小说《六个梦》，就是在一本这样的杂志上。

还有案例选，最早刊登在报纸上，专门卖给坐火车的人看。当年频繁搬家，经常乘坐火车，爸爸妈妈可真是没少买过这类报纸。最早看到的一篇，写的是青海的一个高干子弟枪杀不肯就范的女友的案子，文章标题是《黄河边那座哭泣的坟茔》，因为离兰州实在近，看了以后一直记着。

后来这类东西也成了灾害，各种《当代奇案选》层出不穷，我还记得些标题，什么《追捕"二王"》《鱼网里的女尸》《雨夜狂魔》《5·31特大碎尸案侦破记》。里面的杀人狂，动不动就把大卸八块的尸体装在一只有着"上海"字样的"黑色人造革皮包"里，导致我后来看到黑色人造革皮包，就有反胃的感觉，却忍不住浮想联翩。

多年后，看斯蒂芬·金的小说，发现他也有对这一类物件和颜色的难言的喜好，他笔下的人，总是穿着颜色犯冲的衣服，红头发就配绿衣服，再不就穿嫩黄的橡胶雨衣，而最经常出现的，就是黑色的橡胶制品。

有些故事非常奇特，例如一个杀人狂，专门谋杀肉联厂的女工。还有一个，一个生活在深山小村里的男人，在新婚之夜，发现他的新娘不是处女，几经追查，终于知道这女人先后跟五个男人半推半就地有过关系，其中一个还是这女人的弟弟。他把这五个男人骗了来，灌醉，运到山上，绑在松树下，用雷管统统炸死，因为实在是真实，所以作者只是一一道来，就写出了深山里那种幽闭沉闷和近亲相奸的混乱，尤其是那女人的苍白、寡淡、无知、柔顺，那男人的暴虐、有心计。

看过的案例里，最恐怖的是一个简单而荒寒的故事，里面的杀人狂是个小村子里的光棍，先后把十几个贩卖杂货的女人杀死，然后扔在深山的枯涧里。那案例写得非常简单，却有种西北阴天下土时候昏沉沉、土苍苍、严峻寒凉的感觉。

爸爸也借这些杂志，又在图书馆办了一个证，借些欧文·华莱士、谢尔顿的书回来，他把这些书偷偷藏在柜子顶上，我装做不知道，等他走了，就拿下来看。又要提防着爸爸突然回来，所以看得飞快，一本三百页的书，我至多看一个多小时，跟同学借看他们租来的武侠小说，也是有时限的。这都练就了我，现在在书店里遇上那些不值得买但又想弄清楚畅销原因的书，我都是坐在那里一口气看完，一下午看完十本也不是问题，因为不花钱，又学习到了畅销书的诀窍，格外觉得赚到了。

哪个年代也没有八十年代的曲折别致，风华盎然，也没有八十年代这样果断干脆，悲哀决断，在这个十年将要结束的时候悠然地收住了尾，让下一个十年没一点点铺垫，因此显得没头没脑，嘈杂苍白。八八年，八九年，张蔷到澳大利亚去留学了，《八七狂热》满街都是，西北风开始流行，欧文·华莱士的《玫瑰梦》给禁掉了，光亮整洁的九十年代，骤然而至。

我是怎么没有成为歌手的

1

人不只有前情前爱，还有前理想。我的前理想，是当间谍和歌手。

先说间谍梦。那时候七八岁，爱看叶永烈的小说，那时候的叶老师，正在写科幻探案小说，一个系列好多本，主人公叫金明，有一个助手叫戈亮，类似于福尔摩斯和华生这种 CP。他俩的人设很简单，都是警察，浓眉大眼，英气勃勃，英俊非凡，在思考问题的时候，眉毛微蹙，发现真相的时候，眼睛里闪过一道明亮的光。他们的敌人，是来自西方的间谍，他们带着各种超前的科技产品，例如用壁虎皮肤提取物制造的隐身衣，来我们国家窃取情报和搞破坏。但最终，都被浓眉大眼的金明戈亮擒获。

读了许多叶永烈小说之后，有了想法，不能任由西方国家给咱们派间谍，我要为国当间谍，我自信不会被抓住，因为他们没有眼睛明亮的金明戈亮。正巧语文老师布置下作文《我的理想》，我当即把这个想法写进了作文里，在众多希望当科学家、医生、工程师的同学里，我显得格外异色，也因此收到了特别的待遇，零分，大段声色俱厉的评语，还有写给家长的纸条。间谍梦就此被扼杀。

歌手梦稍晚。

我成长的八十年代，是文艺的年代，禁锢之后，猛然开放，种种渴望，像爆炸一样释放出来。人们都疯了，去看电影！去读书！去听歌！去跳舞！去胡搞！文学社遍地，到处都是油印刊物，就连家庭聚会，人们也在讨论文学，随便一本小说的印量，都在七八十万册以上，五分钱一毛钱一张的电影票，也让《少林寺》收获了过亿票房。演员和歌手更是多得像星星，隔三岔五就出来个陌生的名字。一九八六年，首体的《让世界充满爱》演唱会，轻轻松松就汇集了一百位歌手。即便歌手这样多，磁带那样贵——国产专辑八块，引进专辑十块，而一个职员一月薪水不过三四十块，却照样能出现那种奇迹——张蔷在一九八五到一九八七年的两年多时间里，推出三十张专辑，总销量二千六百万。

我只是听，只是跟着唱，倒没想过要当歌手，更没想过要写歌。许多创作，诗，歌，画，其实都是荷尔蒙结晶，少年春心才是第一推动力。十二三岁，春色遥看近却无的年纪，和世界还隔了一层膜，看什么，都有种暧昧不明，像感冒后，康复期的发蒙，有点晕陶陶的，似乎还很幸福，但到底是小病不愈时的幸福。

十四岁，感冒好了。

2

感冒痊愈的标志，是突然看得出人的美。

学校运动会，我们围着操场坐了一圈，操场边的白杨树，一身金黄，带点苦香，叶子像编好了程序，隔个十秒二十秒，落几张到头上肩上来，到处都是年轻人，平时被衣服遮掩的身体，有了理由显露出来，像一根根赭色的枫树糖，金，亮，硬，涩，笑声和喧闹声，像从海底传上来的，被海水和阳光滤过，也被透明的小鱼咬过，咬一下抖一下。

突然间醒了，心花怒放，盯住那些枫树糖，用目光舔舐过去，有人大概被我注视得不好意思了，就在漫天的碧空黄叶里，对我笑了一笑。二十五年后，我在深夜里收到一条短信："挚爱"，总算明白了那一笑的来由。我也是一根枫树糖吧，彼此彼此，幸好幸好。

总不能当真扑上去，不能吃人，啃噬，或者被吃，被啃噬，或者化成一锅枫树糖浆。但可以用别的方式，写诗，画画。

就在那时听到郑智化，他的每首歌都有画面，深夜里靠在路灯柱子上吹口哨的少年，台北冬夜里向人靠近的流浪汉，被嘴唇划过的蕾丝花边。热爱必然导向另一个结果——去了解他、去模仿他，以及，变成他。

是因为对他的热爱，也是因为，一颗少年心，必须要有突围的方式。自己不懂得爱和绝望，能向一个略微年长者学习爱和绝望，也是突围。我很快摸清了他组织旋律的方式，他的常用词，他画面的情调，开始动手自己写了。

歌也是少年春心。

写的第一首歌我还记得，那是上高二的时候，有天放学路上，突然有个旋律出来，回家去就记下，歌的名字叫《你的微笑就是我的欢颜》，因为那个时候流行长长的歌名，而那名字还一定在歌曲中间出现，作为一个主打句子。

为了写歌，攒钱买吉他，学吉他，练声，读诗。

后来四五年，我写了三四十首歌。

我的歌长这样，这首叫《靠记忆过冬的鸟》，写于一九九五年：

我想我等不到春暖花再开了/我终将倒在离灯火只有一步之遥/我像是一只靠记忆过冬的鸟/我小小的秘密藏在冰雪深处

我想我等不到春暖花再开了/我终将倒在离黎明只有一夜之遥/我像是一只靠记忆过冬的鸟/我小小的骨殖藏在春天深处

这首叫《梦里花落知多少》，用三毛散文和访谈里的句子集成了歌词，写于一九九四年：

那一年的新年夜空无比的美丽/烟花亮起我就在你的身边/钟声响了我们的心愿都一样/竟然都是但愿人长久

也许仅仅是我不祥的预感/也许是我心里幸福盛得太满/为什么我总想和你分分秒秒都在一起/噩梦惊醒，那么害怕失去身边的你

那一年，我们没有过完秋天/那一天，秋空灿烂你却一去不返/那一年，我们没有过完秋天/那一天，秋空灿烂你却一去不返

这首叫《故都春梦》，模仿东北民歌，写闺怨：

鸦儿老梨树梢头儿啼
更觉着春雪寒
剪一个干枝梅
也算是应个春景

这首叫《黑松林传说》，模仿中亚民歌的调子，一九九六年写的：

在那密密的黑色松林里
有一个赤脚狂奔的新娘
她逃去找她的情郎
尽管她知道他是一个懦夫
装扮成善良商人的强盗
答应帮她找她的情郎
但要她付出她的贞操
在黑色的，黑色的密密的松林里

这是我写的最后一首歌。

3

我有没有为成为一个歌手做过努力？

有的。在我手里有二十多首歌的时候，我开始给正大国际、大地唱片、嘉鹏文化寄样带，他们都出过民谣专辑。我收到了若干回信，若干电话，标准格式，寥寥数语，样带和歌谱已经收到了，会认真对待，希望你再接再厉，写出更好的歌。云云。

样带是我用声宝录音机录的。那时候我住在学校广播站，广播站有两台声宝录音机，我就用它们把我的歌录了下来。

我开发了录音机上的所有功能，制造出各种效果，例如先录一遍，作为伴唱带，然后再唱一遍，两遍叠加在一起，制造出合唱或者有和声的效果。还去学校电教中心，借了一整套效果声的录音带，在一些歌里，加上鸟叫声、雨声、海潮声，以及教堂钟声和火车开动的声音。还请了会乐器的同学们，用二胡、口琴、手风琴，帮我加伴奏进去。

后来，我参加过各种各样的歌唱比赛，或者和歌唱比赛沾点边的比赛，例如主持人大赛（有才艺表演部分），诗歌朗诵大赛（可以设法加入唱歌部分），专业的，业余的。得过各种奖，有时候是特等奖，有时候甚至没能入围，有时候是创作奖，有时候被勒令更换曲目。也去见过许多专业人士，词曲作家，歌唱家，编曲大拿。后来在电视台工作，还曾经借着工作的便利，厚着脸皮接触那些成名的歌手，请他们推荐我的歌。明的暗的，天真的功利的，我都曾经尝试过。

我渐渐知道怎样才能真正入行，怎样成为一个歌手。但我从没有实践过。因为，在那时，我已经开始写作和发表，知道写作或许更适合我，它低成本，无污染，手工作业，不用过多依赖流水线，发表的文章具有物理性，可感可触，并可积少成多，不会因为一次比赛失利就被否决，而且——不用熬夜以及酒精或药物成瘾。所以我从不对歌唱比赛真正上心，也从不对比赛结果寄予期望，即便在普选阶段就被刷掉，也从不耿耿于怀。

我用写作，为自己建设了一个逃遁之所，用它来解释我在其他地方的失败，包括唱歌，也用它接纳我在其他地方的失败，因为我知道不论我遭遇怎样的挫败，也会有写作接着我。

于是，我在其余任何地方，都成了一个业余选手，以素人的心态，有一搭没一搭地做着事，和我合作的人，很快就觉察了，我尝试投身的那个领地，也很快就觉察了。假如“音乐”是一个杀伐决断的皇帝，他必然能看出我眼睛里的闪躲，执行时的不坚决，满口应承时的三心二意，被拖出去砍头是迟早的事。

在写作领地，我就好一点么？其实也没有。我一心想要写小说，但小说写了没多久，就转向专栏，从此写了十二年专栏。小说，也成了我的逃遁之所，每逢发现自己的专栏写得并不好，我就假设，还有小说可以接纳我。尽管，我的小说故事大纲，装了两个文件夹，但只有很小的一部分被我变成了现实。

可能是因为怕，怕自己不能胜任自己真正喜欢的事，怕自己并无才能，怕自己唱不到某个高音，怕自己没有构架长篇小说的能力。为了不让这些可能变成现实，最好的办法，就是设法逃遁，从不开始，以素人的心态，在许多个领地穿梭。

久而久之，技艺必然生疏，生疏到我果然无法胜任自己喜欢的事。我曾在朋友督促和帮助下，在大学的录音棚，用了一天时间录了三首歌。那些歌放到网上后，后面的评价是 ：“是不是很冷？干吗不多穿件衣服？”我终于证明了，我是无法成为歌手的，无法胜任歌手之责，甚至无法唱好一首自己的歌，踏空是自己本身才能的原因，和时机、努力程度无关。我满意了。

所以我会对操办技艺展示的那些过程分外着迷，例如录制一盒样带，例如整理书稿，那是一个悬而未决的时刻，似乎已经在忙碌了，已经无限度地接近圆满了。

4

我曾以为，我遇到过的很多人，都是我的同类。

聚会上，某个默不作声的人，突然接过吉他，弹了一首曲子，剔除因为生疏而导致的瑕疵，基本就是大师的水准。朋友说，他现在是个小生意人，其实也不怎么赚钱。KTV 唱歌，一个孩子妈妈，唱了一首歌，尽管是在音响那样差的地方，她也唱得无可挑剔。话筒一放，她脸上的光彩又消失了，重新窝到角落里，接了个电话，似乎是在向丈夫解释晚归的原因。

还有，读者给我写信或者留言，短短几百字，字字珠玑，才华扑人一脸，我追到他们的微博或者博客上，发现他们做的是和文字毫无关系的工作，也并不大富大贵。

起初，我觉得他们和我一样，欠缺一份“对人世的信心”（我讨厌胡兰成，但我喜欢他这六个字），在逃遁中慢慢磨折了自己，消耗了一份雄心。但后来我发现，他们和我不一样。他们待自己，就像神佛待万物，创造一切，收回一切，丝毫不以为意。他们不留恋赭色枫树糖一样的青春，不用创作延续自己的春心，也不热狂地让自己的青春无限延长，用诗、歌、画、金钱这些丹药。

我从此安心，安然接受自己的怕，自己的无能，自己的灵光消逝。

以及，自己并不能分身为亿，拥有一亿种生命的遗憾。

终于老去的那一天，弹不对最简单和弦的那一瞬，我如释重负。我坐着火车北上南下，在河湾、海岸、灌木丛、广场、篝火点点的沙滩上，想到我所在的人群，正是他们藏身的人群，我有种亲人散居各处、知道彼此的存在，却再也不见的愉快。

西北偏北，沿虹而去

【一九九六年】

一九九六年九月的某天，我坐着三十一路电车，去酒泉路派出所，领取新办理的身份证。

那时，整个中国毫无节制的拆与建还没有开始，酒泉路上的槐树还没有被砍掉，浓荫洒满街道，将整个车厢也映照得碧绿通透。我在秋天那种有点凉意的槐树香气里坐了三站路，在酒泉路车站下车，一路打听，找到了隐藏在小巷里的派出所。

在派出所，我顺利地领到了落户兰州后的第一张身份证，没有遇到刁难，也没有遭遇延误，身份证上的照片也没有想象中那么难看，这一切，都让我感觉像踩空了一阶楼梯，伊蕾的诗“检查身体时我竟没有遭到羞辱”突然浮现在心里。

原本准备把一整个下午耗在那里，因为太顺利，这个下午一下子空了出来。我于是决定走回去。我小心地把身份证装进衬衣口袋里，从小巷子里穿出来，再次走上那条槐树大道。我甩着手，仰着头，傻乎乎地走在兰州的大街上，丝毫没觉得有什么不妥当。

我有了兰州市户口，兰州市居民身份证，正式成为兰州市民。

那一年，我二十一岁。

但我从没想到，兰州对我，意味着一次又一次的离别。

【一九六一年】

姥爷离开兰州那年，是五十一岁。那是一九六一年。

姥爷出生在兰州附近的金崖乡，家境算是小康，家里人口非常多，听我妈妈说起他们家庭内部的争斗来，感觉是听苏童的故事，什么谁把银饰藏在房梁上啦，谁折磨二房的孩子啦，然而，等我细细追问起来，妈妈就很警觉，连连说，其实连富农也算不上，不过有几亩地罢了。

我姥爷受的是传统的教育，念私塾，画写意花鸟，会配置中药，有一种祖传秘方叫“接骨丹”，治疗骨折有奇效。但骨子里，他似乎是极其渴望自由的人，一九三六年参加革命，把家里的水地卖了投奔组织，随后在兰州开了一家书店，卖进步刊物，把学生们聚集在书店里，给他们偷着拿不能摆卖的书。

后来终于被发现，被驱逐出城。我妈妈很强调驱逐者的身份，说“是国民党的县长亲自拿着枪呀！”，大概在那时候，县长是非常大的官吧。

他把没有卖掉的书运回老家，藏在山洞里，开始做生意，为组织筹措经费，他开过煤场子，还去青城纺棉花。我妈妈又说：“那煤场子要是一直为自己开着，我们家现在也很有钱了！”她那时生病住院，很是花了些钱，总觉得钱不凑手，也难怪她想得那么远，一直想到五十年前去。

后来新政府建立，他进入兰州市民政局工作，他对新世界的想象，就在那里遭遇了第一次重挫。他并不是不通人情世故的人，虽不至于长袖善舞，但也不至于木讷僵化，他在商业领域的成功就是明证。问题出在，他想象中的新世界，从里到外都是新的，是完美的，应该有一种新的人际关系，新的气象，完全不同以往。

他于是将这种想象付诸行动，他放弃了世故油滑，放弃了说话前的思量，也绝不喝酒交际，他决定按照一种耿直的、真诚的方式在新世界里生活下去，由此成了一个格格不入的人。他说的话被人记住，他的行为举止被视为异类，不久，他就被派到劳改系统工作，在兰州附近的劳改队担任教导员。在当年，那是另一种下放。

六十年代，饥荒来了，甘肃劳改系统开始向新疆迁移，以垦荒自救。姥爷所在的劳改农场，向新疆南部出发，玉门、乌鲁木齐、喀什、叶城，一站站走下去，一直到了于田。

于田的二十年生活，对他或许是一种保护和滋养，他本就是农民，热爱土地和粮食胜过一切，最显赫的时候，他也不过是于田劳改农场二场的“郑大队长”。但是那有什么，他种出过脸盆那么大的菜花，就连菜地头上，他也不让它空着，往往种一簇萱草，开花的时候，很有几分画意。

八十年代，他开始筹划返回兰州。四处奔波求告许久之后，一九八四年，他带着全家十三口人，回到了兰州，几次辗转后，终于在城边买了一处房子住下。那所房子在山下，地势稍高，晚上从窗户里望出去，可以看见一城的灯火，黄昏时分，全家人出去散步，沿着山路上山，路边开满蓝紫色的野菊花。

但那还不是他真正想回去的地方，金崖乡邴家湾的那所大宅子，才是他心之所系。可惜流落在外多年，那所房子因为无人照管，已经破败不堪。乡间日渐凋敝，生活在那里，也多有不便。他只有按捺住自己，在兰州住了下来，在西北民族学院后门，那所小小的房子里，度过他最后的二十年。

但回家的愿望日渐强烈，在他患上阿兹海默症之后，就变得更加不可遏止，更无法掩饰。最后那五年，他每天出去游走，在大街小巷捡拾砖头，希望能在重建宅院时派上用场，为了捡砖头，他无数次迷路，无数次被工地上的工头斥骂。

五年时间，捡来的砖头在楼后码出两道高墙，引来邻居的强烈不满，他押着做司机的小舅，硬是将那些砖头装了两辆大货车，在冬天来临之前拉到了乡下，并住进了自己少年时候住过的屋子，再也不肯离开。舅舅们只好轮流到乡下去照顾他，并且出钱找乡邻为他挑水做饭。一次严重的肺炎之后，他终于被舅舅们接回了兰州。

他在二〇〇二年冬天去世，葬在了他家乡的山坡上。

在兰州的文史资料上，还有他的生平和革命经历，某篇文章的最后说："老郑和他的同志们一起，预感到黎明快要来了，准备一起挺过这最后的黑暗"。文章就在那里结束，像王子和公主的故事。或者"他们结婚了，第二年她就给他生了个大胖小子，一家人和和美美过日子"，民间故事的最经常结局。

但真正的结尾却是，整整一生，他都生活在流离之中，生活在兰州和他那近在咫尺的家乡的搏斗里。

【一九八四年】

姥爷之所以举家从新疆返回，一部分是因为思乡心切，另一个原因，是为使他的大女儿我的妈妈免遭厄运。

妈妈在兰州附近的老家出生，却在和田长大，在和田二中，她是远近闻名的才女。但她和保罗·奥斯特小说中人一样，总是和重大事件迎头遭遇。她高中毕业那年，是一九六六年，她没了大学可上。恢复高考之后，文革中被打成叛徒的姥爷还没获得平反，她进了考场，却得到通知，即便她跨过分数线，也不会被录取。在考完前两门课程之后，她愤然退场。后来公布成绩，那两门课程，她都考了全考区第一。

她留在了于田，工作，结婚，生下我和两个弟弟。八十年代的头几年，生活是明亮的，我们的屋子宽敞明亮，院子里种着各种树木花草，屋后有成排的白杨树，妈妈在小城的地位举足轻重，她与军官来往，她给报纸写稿，她是沙龙女主人，经常在家招待她的朋友们，他们是她的邻居，同事，老师，当地驻军的军官，他们谈论新闻、政治、刘晓庆、《当代》和《十月》上新发表的小说。天气好的时候，大家一起郊游，野餐，到水库、果园，或者到沙漠里打猎。妈妈的好友，武装部的军官为我们照相，为相片着色，分送到我们手里。时不时地，我被拉出来背一个唐诗。

明亮的日子在一九八四年结束，她被怀疑有政治问题，遭到弃用，有人向她报出几个孩子的上学路线。恐惧和愤怒席卷了这个家，姥爷作出决定：全家返回内地。作为先遣队返回兰州的妈妈，以为姥爷会在乡下老家定居，身为长女的她，决定住在附近照顾姥爷和姥姥，她放弃了在兰州落户的可能，来到距离老家不远的夏官营，偏僻的、肮脏的、破败的、荒凉的夏官营，在一家国有公司的仓库工作。

新疆南部小城的沙龙女主人，开始学习烧炕、搬货，以及和农妇对骂。她永远没有在对骂中获得过胜利，永远脸色苍白地败下阵来。

好几年之后，我们才搬家到附近的县城，也搬离了与农妇巷战的窘境。每到寒假暑假，我们就有机会去兰州的姥爷家过暑假。

作为孩子，我爱憎分明地为县城和兰州派好了角色。小城阴沉破败，兰州却有一城灯火；小城的生活消沉暗淡，校门口有洗劫学生的“十三太保”，兰州却意味着全家人黄昏时分在黄河边的漫步，还有街道上行走的俊美的年轻人。小城是不得不接受的无奈现实，兰州却像挺立在远处的仙境。我还小，却已经知道了命运是什么，命运就是，身在小城，却想着那个仙境，稍稍触摸一下，就得再度回到自己存身之处。

十四岁，学会骑自行车之后，每到星期天，我就瞒着家人，带着干粮，骑着自行车，沿着国道，一直骑到四十公里之外的兰州。在兰州的街道上走一走，在书店里买几本书之后，再骑上四十公里，在黄昏时候，若无其事地回到家里。好多次之后，我的秘密行动终于被妈妈发现，她的痛哭和责骂，终止了我的星期天行动。

妈妈始终没离开小城，她在一九九九年去世。去世之前，缠绵病榻整整八年。

在山上的墓地埋葬她，在她的坟前焚化她的衣服的时候，我一滴泪都没有流。

【一九九六年】

一九九六年，我到兰州工作。几年后，我开始和书商合作，写一些音乐书。

那几年，在我的记忆里，似乎没有四季之分，永远处在一种永恒的春天里。我总是记着，有一年的春天，去机场接人，路很远——兰州的机场和市区之间的距离，在全国排在前两位，但我丝毫没有不耐，因为窗外的风景有种奇怪的明丽，黄土地上，一个果园接着另一个果园，杏花正在开花，水红色的、粉白色的花，一簇簇地点缀在黄色的大地上，在车窗外一闪而过，阳光非常透彻，完全当得起“晴朗”两个字，而且是静静的，像是在那里照了一万年，还将继续照下去。

我一想起那几年，就想起四野里的那些杏花和阳光。

二〇〇五年，我买下了我有生以来的第一处房子，然后是第二处。

【二〇〇七年】

二〇〇六年三月，我终于决定不再做沙子地里的鸵鸟，去医院检查，为每天下午必然到来的，并且持续很久的疼痛找到原因，我知道，把那种疼痛全推给劳累，是自欺欺人。

初步的检查结束后，医生要我第二天去做 CT。我当然知道这意味着什么，在医院的长廊里，我紧追着那位主任，向她提问，她告诉我“只是怀疑，所以要排除这种怀疑”。

回家之后，我静静坐了两个小时，但是，交稿的时间又要到了，我开始写稿，并且多写了一篇，为第二天检查身体准备出了时间。

第二天，CT 的结果告诉我，情况没有那么严重，但肯定得马上住院。我住了三个月院，出院后，还得继续使用一种昂贵的药物，这种药物，会引起严重的抑郁症。

我决定跳过这一年，不再讲述剩下时间里发生的事。

二〇〇七年，药停了，抑郁症还萦绕不去。

我选择了另一种方式来接受这种重创，我开始探究，个人的所作所为，在命运之手中所占的分量。我有现成的研究样本，我想弄清楚，我的妈妈，为什么会在一九八四年，选择回到夏官营？

我不断重返夏官营小镇，那个荒凉破败更甚于往日的小镇，白天或者晚上，在它的街道上来回穿行，小镇的杂货铺、火车站，还有我们往日居住过的小院，被我无数次摄入镜头。我试图从所有的线索里，揣测出她当时的内心活动，找出她做出这个决定的依据，是放逐？是自我惩罚？

我的所作所为很危险，我有时候选择在夜里十点钟、在明知道不可能有车返回的情况下去那里，有时候让出租车在十二点钟停在深山下的郝家营小村，自己在小村里游荡，或者独自爬到村后的荒山上去。有时候也不叫车，独自步行过去——四月份的那次我遇到了麻烦，那个村子爆发了口蹄疫，所有的路口都设了关卡，还有一次，返回的时候，河沟里发了洪水。

每次去那里，都是在黑夜，有一次我爬进了一个荒废的小院子，在坏掉的窗户上坐了一个小时。有一次我隔着一扇窗户，看屋子里的人点着昏黄的灯说话。最后，我常常爬到荒凉的、没有一棵树、没有一个人的荒山上，或者独自坐在小村的坟地里，在恐惧已经快让我承受不了的时候，从山上走下来。

二十年前，我还在山下的中学读书的时候，有一次，我看到有人推着自行车在远处的荒山上行走，从此，我隐约地觉得，山里一定有人居住，在我的梦里，开始无休止地出现一座荒山中的城市，小而凌乱，封闭而温暖，随着我在现实中去过的那些小城改变样貌。

也是在频繁回去的那段时间，小镇上的朋友告诉我，有次他们去爬山，在爬了六个小时后，发现深山里有个极其荒凉破败的村子，住着三四十户人家。这个村子从此迷住了我，我开始无休止地想象：如果我从此放弃一切，到那里去生活？这种颓废的、荒凉的想法，使我觉得温暖。我甚至组织了一次远足，邀请了一群朋友，去深山里寻找那个村子，但，两个小时的行程，远远不够找到那个村子。

我于是学会了用 google earth，学会使用它的那天，从九点开始，我一直在那座深山里搜寻，一直到十一点，我终于找到了那些村子，一共有十二个之多，分布在没有通往外界的路没有水没有电的山谷和山巅，最近的一个，距离山下的村子，是七公里，最远的一个，距离山下，直线距离是二十二公里，如果路上不被狼吃掉的话，走到那里，大概需要两天。

但我还是不能够确切地知道，我妈妈为什么会在一九八四年来到这个地方，甚至比我开始探究这一切之前更加无知了，我已经无法想象，我妈妈在遭受生活的重创后，是怎么样有气力在这个地方接受更加漫长的重创的，而且永远也没有可能知道了。或许，她只是为了赢得主动，只是在被动地接受绝望之后，用主动地进入更深的绝望的方式，来减损第一次绝望所带来的伤害。

像保罗·奥斯特小说中的人物，在被命运吓破了胆之后，还必须面无人色地活下去，于是，他们索性在下一次重创到来前，自己动手，变被动为主动，自己给自己的生活以重创，或者失踪，或者流浪，或者在原来的位置毁坏自己的生活。

他们以主动进入绝望的方式来回避下一次绝望，以使自己尽力悲惨的方式来躲避悲惨，以让自己成为被命运毁灭的代言人的形式来汇入命运之中，或者，以像活死人一般活在幻影之中的方式，去抵消人生本来就是幻影这个更大的事实。

一次次的重返现场，让我破开了某个结。我也知道了，她传达给我的天性里，有哪些危险的东西，以及该怎样回避。

那一年秋天，我离开了兰州。

我选择了在距离兰州五千里地的一个灰蒙蒙的海边小镇，像幻影那样生活下去。

租的房子开始是空荡荡的，但我不断添加东西进去，书、衣服、各种杂物，我对这些东西并不加整理，随意摆放，制造一种被充满的幻觉，我就在一张堆满书和杂物的大床中间安睡，冬天天黑得早，风很大，我每天晚上早早钻进被窝，在海边城市那种撼天动地的风声里，读书和看电影。

那张床，是我的巢。是幻影一般的生活中，唯一可以眷恋的地方。

【二〇〇九年】

再回到兰州，是二〇〇九年了。

我的中学同学海林，知道我回家，发来邮件，邀请我和他的学生一起爬山。他在读完大学，在取得名校的硕士学位后，和爱人一起回到了这座小城，开了一所英语学校，有将近一百个孩子在他那里学英语。每到周末，他就带孩子们去爬山。

我们早上出发，经过一座村庄，走过油菜花和麦田间的小路，最后走上一座长满青草的山坡，走到山坡最高处，一条开满百合花的山谷，在眼前铺展开来，背后是望不到边的青山和森林。我们在山上游荡到黄昏，直到繁星缀满天空，才各自回家。后来我又和不同的朋友，在不同的时间去过那座山坡，再也没有当天那种心荡神驰、人生问题都得到回答的感觉。而那之前和之后，再没有一个夏日，能和那天相比，夏夜的星星，好像也没有那天那么亮。

那是美好的一天，那一天，脱离了那三年所有的日子，单独跳了出来。那种日子，像人参果，经历三个夏天，才有可能哺育出一天这种日子。

那一天，毫不意外地，被我供进了记忆的神龛。

我借助这种神龛里的日子，重新打量当年被我厌倦，并一次次没法逃离的小城，却骤然发现，我眼中的小城，和当年我所看到的、所感受到的小城，完全不一样。

天特别蓝，全中国的任何一个地方，都不会有那么蓝的天，大朵大朵的白云，从早晨到黄昏，排着队从天上走过去。黄昏的时候，天上还有晚霞。白天，小城似乎被一种金黄色的光线笼罩着，四野树木青碧，麦地金黄，距离小城五公里的那座山，青翠葱茏，晚上，月亮又大又圆，从小城背后的群山升上来。

逃离是一种有害的愿望，越强烈越有害，它让我忽略了这座小城之美，用尽一切力气，远离自己真正想要的和已经得到的，并制造出一个距离来远远观照和久久怀念。逃离，是所有没能早早建立起自我的人，戕害自己的工具。

没有什么犹豫地，我决定回去。不做任何玄想，回到那种神龛里的日子之中去。

但我还是需要一次离开。离开小城的前一天，黄昏时候，没有雨，也没有雷，却有两道彩虹出现在天空之上。

我站在那里，想起劳伦斯的《虹》的结尾：

> 这彩虹耸立在大地之上。她知道，那背着硬壳各自在这腐烂的世界爬行的下贱的人们都仍然活着，知道这弓立在他们的鲜血之上的彩虹将会在他们的精神中获得生命，知道他们将会抛弃他们趋于分解的坚硬的外壳，而那新的、洁净的、赤裸的身体将会在一种新的嫩芽中重新生长出来，这新的生命将会在自天而降的清新的光明和风雨之中得到培育。在那彩虹之中，她看到了大地的新的结构，看到那脆弱得腐败的房屋和工厂全被一扫而光，看到这个世界将一个真理作为它的活的指甲重新建立起来，巍然屹立在苍穹之下。

第四辑

万般喜乐，纷至沓来

饭局金锁链

受邀参加饭局或者酒局，带了没受邀请的朋友去，在兰州方言里，叫“拉骆驼”——戈壁滩上的骆驼，总是一个牵一个，形成一大串，以防走失。这也说明，以兰州人的性格，拉朋友赴饭局，是件并不唐突的事，以至于会形成专用名词。

我的朋友包子有次请吃饭，地点在市中心最昂贵的自助海鲜，请的是四个人，来的却是十二个！这次史上最过分的“拉骆驼”事件，让包子极为恼火。包子气恼之余，当场决定，接下来的半个月，由当天饭桌上的朋友挨个请大家吃饭，大家还可以带别的朋友加入，但新人也要请当时饭桌上所有的人再吃一顿。大家吃着包子的，还惦记着饭后的唱歌，只好答应。

此后半个月，十二个人都活在了恐惧之中（简直像阿加莎·克里斯蒂的小说），因为不知道啥时候就会接到他的电话，电话里的他用一种非常恼怒的语气说：“自觉点啊，今天该你请吃饭了，我现在就去订座位！火锅？不行！至少也得是湘菜！”若你稍微犹豫点，还会得到他的抱怨：“我图了什么？还搭上电话费还下午四点就去占座图的是什么？还不是为大家吃上饭吃好饭开心点？”一顶顶大帽子扣过来，罪名全都不轻。随后再一算，他排班的时间一天都不差，简直怀疑他是用软件对我们进行着管理。

开始我们只是迫于包子的淫威，不愿落下小气的名声而请吃饭，并不断拉新朋友加入，使得饭局一直持续。两个月后的一天，我忽然惊奇地发现，自月初我请了一次客之后，这个月我几乎没再花自己的钱吃过晚饭。每个晚上我都在被回请，而且都是很不错的地方，而且每顿饭都能认识新朋友！请一顿饭 = 三十顿饭 + 认识新朋友！我眼前顿时出现了“老鼠会”，流行于浙江、福建一带的“抬会”，以及曾经流传于农村中小学生之间的“金锁链”，原来，曾是生意人的包子不自觉地使用了一种低等的经济形式，对我们进行了组织管理，我们形成了一个以他为首的“饭局金锁链”！

饭局金锁链极大地干扰了我的日常工作和生活，每到下午四点，我就像一个怀春的少女，推掉一切约会，守在电话旁边，等着包子通知饭局地点。他的电话稍来晚一点，我就惴惴不安，内心煎熬，就会痛苦地想：太委屈！连饭局都是让我最后得到消息。

饭局金锁链在持续了五个月之后，终于显示出了它的弊端。首先，要维持饭局的新鲜感和正常运转，就必须不断有新人加入，而按照正常人交朋友的速度，是满足不了这个条件的——除非我们上街去拉客。另外，包子的管理水平，很受他的心情影响，在他酗酒、情绪低潮、宅在家里装孝子的那几天，金锁链就中断了。终于，脆弱的金锁链，在数次中断后，又碰上接连几天的大雨，不告而亡。

但没多久，包子就发明了新形式，他看上了我的围巾，要我送给他，并有如下安排：“从现在开始，大家互相送礼物，这算你送我的，然后我把那张我不要的照相机卡送给宋晖，宋晖把宋毅一直想要的那张画送给他，宋毅再把他买重的那件衬衣送给小韩，小韩去给杨盈写那篇软文，让杨盈把她不要的手机送给我！”又一条金锁链！

我们热爱《百姓茶摊》

有一年夏天，每天下午，快到五点的时候，我就开始坐立不安，到了五点半，我就会匆匆结束手里的工作，坐公共汽车到我的朋友包子家去。

他家离我家只有三站路，加上等车和走路的时间，至多用二十分钟就到了。有时候遇到堵车，会略微耽搁一点，但六点之前，通常都能到他家。包子也掐准了我的节奏，早早等在门后，我刚一敲门，他就迅速打开门，手里还端着一碗面条，一边唏哩呼噜地往嘴里塞着，一边催促着："快点快点，马上就要开始了！！"我急急忙忙地跟他爸妈打过招呼，他爸爸热情的声音"小韩，来吃个苹果"还没落，我们已经脚不点地地进了他的屋子，坐在了床上，紧紧盯住电视，还好，还在播广告，还没开始。包子趁着这段时间，狂奔出去拿了一个苹果进来给我，我则狂呼着"广告还有十秒了！快点！"完全是好莱坞电影里最后一分钟拯救世界时的那种急迫。

如果该时段不巧在外面吃饭，我们则一定选一个有电视可看的餐馆，并且要求老板在六点之前，调到那个频道。如果朋友请吃饭的地方是没有电视的包间，我们宁可七点再出门赴约。总之，一定一定要看完那个节目。

那个让我们如此紧张、念念不忘，宁肯放弃其他约会、调整生活节奏的电视节目，叫《百姓茶摊》，是我们所在城市的电视台生活频道办的一个市民生活节目，每天下午六点播出，长达一个小时，其中二十分钟，是由市民中选拔出的主持人用方言评点本城新闻，其余四十分钟则是由群众演员演出的短剧。自一九九四年重庆电视台的《雾都夜话》推出这种节目以来，十年时间，这一类节目已遍地开花，并且成为各地电视台的王牌栏目。让我们魂牵梦绕的，就是我们市台《百姓茶摊》节目里的短剧。

它制作粗糙、演员演技拙劣、剧情伧俗不堪，如果拍室外场景，一定曝光过度；如果是室内情景，光线一定不足。来来去去的场景，就那么几处。如果是街头戏，多半是在电视台门口完成，永远看得见电视台的发射塔；如果是言情戏，需要主人公在咖啡馆谈情说爱，则一定是盘旋路的伯顿咖啡——那里离电视台只有一站路；剧中人散步，从来都是在兰州大学的花园里，背后永远有学生端着饭盆狐疑地打量着镜头走过去；剧中人是大富豪，办公室却摆着简陋的木头桌子；剧中人是亿万富婆，住处却是一个明显是出租屋的地方，沙发裂着口子，露出里面的海绵。

至于演员——有的演员说台词像背诵课文；有的演员扮演悲剧人物，按剧情要求是去奔丧的，却眼看快要笑场了；还有的演员演技夸张过火，活脱脱一个平民版的马景涛，还经常亢奋地抢别人的戏。规定情景是向爱人倾诉，演员却毫无表情；剧情需要演员“扑通”一声跪下的，演员跪下前还悄悄摸了摸地脏不脏。更别提那些千奇百怪的方言，和完全不按牌理出牌的形象设定：扮演历尽沧桑的五十岁母亲的，是至多三十岁的少妇，脸上还化了学校舞台剧水平的老人妆；扮演她儿子的，却明显比她大十岁，他满脸泪水叫她“妈”的时候，我们笑得连茶水都喷在了屏幕上。

剧情，则亲切得令人发指。他们从不人为拔高生活，也不对生活的本来面目进行伪饰，更不捏着腔调说话，而是尽力表现世态人情，展现市民的道德感。剧情多半是一家人如何因分家产起了纠纷，或者公婆与儿媳如何最终获得了沟通，或者见色起淫心的花花公子受到了惩罚，二十年前丢失的儿子跑来认妈，为情妇挪用公款的出纳锒铛入狱，等等。有的时候，甚至有推理剧。比如，来自浙江的商人被合作伙伴杀死在了宾馆房间，并伪造了抢劫现场之类。片子结束的时候，还有一个庄严的男声发表结论：“就这样，老刘和他的妻子走上了一条不归路，等待他们的，将是法律的严惩。”或者“仅仅因为婆媳关系处理不好，就引发了这样的悲剧，实在是发人深省啊！老王一家的遭遇，给我们敲响了警钟！”

所有这些，让它获得了超级爆笑片都没有的魅力，整个夏天，这个由包子发现的节目，成了我们的最爱。没有电视的我，天天不远万里跑到包子家去看这个节目，我们有时候笑得捶床，有时候笑得背过气去。看过之后，还要讨论他们的演技和剧情设置，并且猜测剧中出现的场景都是什么地方。一个频频出现在剧中、多次扮演母亲和婆婆角色的老太太赵秀珍，和一个总要扮演大帅哥和花花公子的中年男人，几乎成了我们心目中的明星。

追看这个节目有两个月之后，我们才注意到片尾打出了演员招聘启事，并且留有联系电话，我和包子对视一眼，同时想到了一件事——我们的朋友宋毅不是酷爱在各种场合出镜及表演么？！我们立刻扑向了电话，拨通了那个号码，对接通电话的编导倾诉了我们对他们节目的热爱和对编导的仰慕之情后，我说：“我们向你推荐一个演员！”那边的编导非常和气：“他的情况是怎样的？”我们介绍了宋毅的身高体重年龄职业以及对表演事业的热爱之后，编导又问：“作为他的朋友，同时也是我们节目的观众，你们觉得他适合扮演什么角色？”包子立刻喊着：“我来说我来说！”然后抢过电话：“我觉得他适合扮演屡次相亲失败的小职员，还有被三陪女骗财骗色的已婚男，还有你们上一集节目《老乔的心愿》里那个跟弟弟抢父母遗产的刘科长，也很适合他。”那边的编导说着“戏路很宽嘛！”并高兴地留下了宋毅的电话，表示一定会跟他联系。

第二天中午，我们分别接到了宋毅的电话，电话里的他，分明气极了：“是不是你们推荐我去演《百姓茶摊》？刚才他们的编导跟我联系，让我去试演一个被妻子和情人同时抛弃的中年男人！我有那么老吗？我看上去有那么倒霉吗？”我们一边表示同情，一边辩白说我们也没想到他们的剧情如此拙劣，一边极力压抑着自己，不敢笑出声来。

第二天，省台一个法制节目的工作人员打电话给我们，他们经常以请群众演员演出的形式，来还原案发经过和破案过程。原来是宋毅向他们推荐了我和包子。编导给出的角色，竟然是一对喜欢盗窃女大学生内衣的难兄难弟。据说，这个故事还是根据本城发生的真实事件改编的！我们简直不知道该怎么拒绝才好，悻悻地放下电话，宋毅的电话来了，他嘲讽地说：“怎么样？多好的角色啊！本色演出即可！”

过了几个月，在一次荟萃本城名流的摄影展上，朋友向我们介绍了一个新朋友，说他是电视台的工作人员，而且就是《百姓茶摊》的幕后编导！我和包子同时饱含热泪地伸出了手："我们特别爱看你们的节目，真的！"他看了看刚才还在侃侃而谈卡帕、罗伯特·弗兰克、"81 号病室"的我们，狐疑地说："真的吗？""真的真的！！！"我们同声回答，并且疯狂地点着头。

我们爱国货

一个夏天，我们开始了对国货的重新发现和重新热爱，而这一切的起源，是大白兔奶糖。

话说我的朋友包子因为家里的房子拆迁，临时借住我家之后，每日早出晚归，搜寻各种怪东西回来装饰房间，很是被我们嘲笑。有一次，他甚至买回一盒大概只有在乡下供销社才可以买到的、用小熊形状的铁盒子装着的饼干。饼干吃完后，那个盒子被他用来装钱。我们讽刺他："你是要存够一笔钱，给你的儿子治眼病么？"（注：我们借用的是《黑暗中的舞者》中的典故）

这种局面在他某天提回一大袋子大白兔奶糖之后宣告结束了。当他把袋子扔在桌子上，告诉我们那是他在市场批发来的，价格为十三块五毛钱一斤之后，我们全都扑了过去。童年的记忆加上它单纯而美好的味道，让我们整个晚上都鼓着腮帮子努力咀嚼着，屋子里到处丢着糖纸，包子终于扭转了他廉价货购买者的形象，也扭转了小熊铁盒子在我们心目中的地位（他现在用小熊铁盒子装大白兔奶糖了）。

此后几天，我们像一群被毒瘾左右的瘾君子那样，时刻抱着小熊糖盒，欢天喜地地剥着糖纸，以近乎昏迷的语调讲述着童年趣事。包子看出了我们对大白兔奶糖的依赖和热爱，就开始用它对我们进行人身/精神的双重控制，每天他都摇着小熊糖盒子，指挥我去拖地，指挥美惠去洗碗。“我刚涂的护手霜！”美惠虚弱地抗议着，但为了大白兔奶糖，她还是去洗碗了。当然，家务劳动都被他以奶糖为单位进行了标价，拖地可以换取三颗大白兔，洗碗可以换取五颗。

我们始终没找到那个可以批发到大白兔奶糖的市场，包子对我们的掌控度也就日渐加强。以前包子健身回来，给我们展示他的肌肉的时候，我们都要别过脸去，做呕吐状的，但自从有了大白兔奶糖，我们都把人格和尊严丢到了一边，争相夸奖他的健身成果。有的时候家里来客人，他还命令我弹吉他唱小曲给客人听，我刚表示想休息一会儿，他就毫无表情地摇着小熊糖盒子！就这样，在大白兔奶糖的控制下，我和美惠沦为各种家务活的奴隶，以及唱小曲的歌男歌女，我甚至怀疑，包子会不会把我们的皮剥掉，做成一面鼓！

但是有一天，在收拾房子的时候，我却发现了包子把大白兔奶糖藏在哪里——就在厨房那个放方便面和杂货的箱子的最里面！我哈哈大笑着，抓了一大把装在口袋里，立刻出门去，坐着公共汽车游荡着，一颗接一颗地吃着大白兔奶糖。

就在我像印第安纳·琼斯那样破解了大白兔奶糖藏宝洞之后没几天，包子又有了新花样。这天，他穿上了一双样式很简单却很好看的球鞋，我们都问，是匡威么？他得意地扬起脚说：“就是一双回力啦！才三十多块钱！”我们看看脚上的鞋子，郁闷地问：“为什么不给我们每人都买一双？”“我又不知道你们的尺码！”包子得意而理直气壮地说。

回力球鞋对我们的刺激尚未平息，又一天，我和朋友们刚进门，就看见一台足有25寸彩电那么大的收音机，正在以宏亮的声音，播放农村致富奔小康节目！就在我们以为楼上的电梯可能是时光机器，把我们带回了八十年代的时候，包子又得意地宣称，这是他的战友王峰搬家时，从差点当垃圾的杂物里淘来的红灯牌收音机！

在他的带动下，我们掀起了一场搜寻老牌国货的热潮，那些经常有机会到小城市和乡村出差的朋友，几乎被我们培养成了搭起城乡之间友谊和物资桥梁的货郎。好消息不断传来，有人在供销社发现了宝石花手表，有人在偏远乡村的集市上买到了海魂衫。我们的小朋友小林一直对我很好，他回老家过中秋，一进门就激动地给我打电话："我姥姥的蝴蝶牌缝纫机你要不要？"

老狼来我家

二〇〇八年冬天，圣诞节后的第二天，我的朋友包子一大早打电话给我，把我从睡梦中惊醒："你知道昨天晚上谁来咱们家了吗？老狼！"

包子有个战友姓郎，经常和我们一起玩，我们都叫他"老狼"或者"狼"，我开始以为是他，没好气地说："这也值得一大早打电话？"包子激动地说："不是我战友，是老狼！唱歌的老狼！校园民谣的老狼！"我顿时傻了眼，在九十年代度过青春期的，谁不知道老狼意味着什么？！等我缓过神后，我就满怀嫉妒地纠正包子："不是'咱们家'！是我家！你应该说'老狼来你家了'！"——我离开兰州以后，就把房子借给包子住着，所以，他说的"咱们家"其实就是我家，平时我可没计较过，但那是老狼啊！老狼来我家了！而不是"咱们家"！

原来是这样的，我们的朋友宋晖，有个朋友是老狼的好友，正巧老狼来兰州看那个朋友，于是大家就聚在了一起，先去酒吧，酒吧打烊之后的凌晨一点，他们七八个人又一同来到了我家。说到这里，包子激动地说："平时我十二点就睡觉的，可是昨天晚上我一点钟都没睡着，就觉得会发生什么事。平时我上床就把电话线拔掉，昨天晚上我就是鬼使神差地没关电话没拔电话，这就接到了宋晖的电话，说要带个朋友过来。在外面接他们的时候，天黑，他又穿的是帽衫，我没认出来。进了电梯，我一看，哇，老狼！要是我把电话拔掉，不就见不到他了吗？你说！你说！这是不是命运？！”

见到老狼后，包子立刻拿出了他珍藏的老狼的专辑，从磁带到CD一应俱全（在这里，包子补充说：“幸亏我一直都买正版哇，不然拿出个盗版来，丢死人了！”），从《校园民谣》到《北京的冬天》一张都不缺，而且全都精心地包着玻璃纸，包子还向老狼认真地讲述了买每一张专辑的时间和当时的情景，老狼非常感动，“眼泪花都在眼眶里打转！”“净瞎说！你看见眼泪花了？”“我看见了！”包子夸张而肯定地说。他们聊天、唱歌，老狼弹唱了《露天电影院》和《麦克》等等歌曲，包子还特意点唱了《北京的冬天》，并殷切打听郁冬和高晓松的近况。就这样，一直聊到凌晨六点才散。

包子盛赞老狼的为人：“特别平易近人”，“特别有礼貌，听人说话的时候，一直专注地看着你”，老狼对包子生猛的赞美感到不安，还屡次对包子说：“包子，我就一普通人。”最后，包子得出结论：“越是牛人，越不拿自己的身份当回事。”云云。

我们一旦见过牛人，事后都要忙着比较，看看谁不够矜持，谁把激动当场写在了脸上。我于是想起宋晖，他有个习惯性动作，每次喝点酒，并谈起文学和艺术的时候，一旦来了兴致，就会激动地把手插在头发里，一遍遍地向后捋头发，于是我就问：“宋晖捋头发没？”“他？他捋头发都快把手指头捋破了！”“那你呢？”“我不卑不亢，很热情也很冷静，不像宋晖！”包子用见过大世面的口气肯定地说着。然后，包子表示，他一宿没睡，现在要去睡觉了。

我又打电话给宋晖，在他那里得到了更多的细节：去我家前，他们去的是我们本地文艺青年聚集的“时间”音乐吧，服务生有点疑惑，借着端茶送水过来打量了好几次，终于在他们离开的时候，才确定那是老狼，一声惊呼，狂奔出来要签名。然后我就把包子说他的话转述给他了：“包子说你激动得一直捋头发，都快把手指头捋破了！”宋晖愤愤地说：“他没说他？！”“他说他不卑不亢，表现得很矜持。”

“哼！”宋晖用揭示重大真相的语气开始说了：“他激动得整个晚上都坐不下来，一直光着脚蹲在老狼对面，隔三五分钟就对老狼说‘你是老狼吗？你真是老狼吗？我没做梦吧’。老狼临走的时候，他拼命地抓起他自己手工做的那个台灯，非要送给老狼，可丢人了！”

一起去吹风

许久不见的朋友问我们："你们还去蓝派酒吧玩吗？"我们的回答铿锵有力："不！"不但不去蓝派酒吧了，一切酒吧我们都不去了，我们已经告别了腐朽糜烂的小资产阶级生活方式，我们现在去"桥上"了！

多谢某位本土巨富，他在一九九六年，为了开发黄河对岸的荒地，为了使这块土地升值，一拍脑袋，就动工在黄河上建起了一座通向彼岸荒地的宏伟的大桥！这座仿照金门桥的样式修建的美丽桥梁，建成后却达不到通车标准，一度变成了一个高悬在黄河上的农贸市场，后来农贸市场被取缔了，它就成了市民散步的场所。

一个夏天，我从酒宴中逃出，经过了那座桥，心头一动，走到大桥中间，坐下吹了半夜的风。星星似乎格外近，两岸的灯火格外璀璨，附近体育公园的人声断续传来，而走在桥上的，竟然多半是帅哥美女。越是优秀的人，越有渴求孤独的倾向，这话没错！

我把我的发现告诉了包子，包子当场决定，晚上就去桥上！七点，天色还没暗下来，我们就急不可耐地出发了，一向懂得安排生活的包子，带了如下物品：一张床单，两个巨大的沙发靠垫，

IPOD，一对小音箱。我们提着两大包东西狼狈不堪地上了车，但到了桥上，铺开床单，靠在靠垫上，接通音箱，放出许巍的歌来，被带有芦苇清香的风吹着，仰头和星星遭遇，心头顿时如同鹿撞。我们立刻打电话呼朋唤友，宋晖宋毅小雷美惠陆续到来，个个为这个新发现欢呼雀跃，我们甚至当场为桥起了名字，就叫“我们的桥”！

去！去桥上！去“我们的桥”！整整三个夏天，每到下午，我们都在电话里重复着这句话。不固定的成员发展到了三十个，带到桥上的东西五花八门，床单靠垫音箱木吉他都不算什么了，女孩子们带来了小熊玩具，抱来了家里新养的猫和狗，还经常捧个盒子来小心地打开——里面是她妈妈做的小点心。包子更是再创新高，把冲普洱的茶几和茶具都用布包袱捆在背上，带上了桥。

阿菲同学，甚至在相亲饭局之后，把她新见的男友都鼓捣来了，并使劲给我们使眼色，要我们替她鉴别。我们心领神会，冷眼看过去，但见此男，坐立不安，神色慌张，点了烟独自抽，根本不知道分发，还屡次发表“有啥意思”“我有外滩咖啡的金卡”“万一下雨了呢”等言论，夜微微有点凉，就着急回去。我们于是在背后对他下了毒手，貌似忠厚地向阿菲进了谗言：“一辈子的事啊！要好好考虑！”

把活动领域向室外拓展，将公共空间据为己有，不是我们的独创。但是，宋晖后来组织人马，夜探民族大学荒废了十年的学生公寓，并拍下恐怖的照片；老王在小区后面的山脚下发现了一间防空洞，开辟为摇滚乐队排练场所，可都是在来过桥上之后，显然是受到我们的思路影响。我们大度，才不跟他们争版权。

我们要感谢的人只有一个，就是那位不知名的巨富，他永远也不会想到，他花了几千万元，最后是为我们打造了一间青年会所，而且免费！

朋友圈配伍禁忌表

我现实中的朋友圈，常在一起的，大约三十个人，把偶然来客串的朋友算上，大概有一百人。

人多了，各种不和谐关系就出现了。甲和乙曾是恋人，俩人因为各种混沌不明的因素分了手，从此成了仇人，一见面就跟乌眼鸡似的。丙和丁同追过一个女神，一个追到了，另一个没有，他们从此发毒誓再不见面，“见面砍死他”。

作为朋友圈里的资深和事佬，又是一把年纪，我好歹有点薄面。好多小朋友，都是在他们还上学的时候我就认识的，实在有资格说是“看着长大的”，我才不跟他们客气。要一起去旅行了，这个听说那个要去，立刻表示有事去不了。不急，先去找男方，发表一通以“你还是个男人吗？”为主题的臭骂，再往屁股上踹一脚，往肩膀上一搂，直接拉出门去；对女方，拉拉她们的头发，把包往她们手里一塞，毫无逻辑地说：“咱唾弃他、鄙视他，穿好看点，给他看看你现在精神着呢！走吧走吧！”

结果就会出现这种场面：烧烤的时候，一个人面无表情，望着空气，没有称谓地说“把孜然给我”，另一个狠狠地把瓶子塞过去。

或者是，才过九点，就有人站起来，像被放逐的屈原那样悲愤地走到门跟前，缓缓地说："明天还有事，我先走了。"哥，明天是腊月二十三啊，你要忙啥？你是灶王爷吗？

强扭的瓜不甜。我想起小时候去医院打针，治疗室的墙上，往往贴着一张药物配伍禁忌表，青霉素不能和庆大霉素共用，地塞米松和非那根放一块会发生白色浑浊。好吧，就当他们是青霉素、葡萄糖、环丙沙星、小诺霉素好了，别可着劲往一块放了。有次在美惠的陶吧和朋友聊天，可巧，她的死对头打来了电话，说想过来坐一会，我镇定地告诉他："庆大霉素，你的青霉素在我这，你就别来了。"

痛定思痛，我进行了大数据分析，最后发现，作为一个主要由普通人组成的圈子，爱恨情仇是产生配伍禁忌的主要原因，其次才是钱财生意，以及价值观的不同。后来我们打算学王菲，成立一个"六年一班"之类的班级，方便组织活动。有朋友被选为班长，有朋友成了生活委员（负责订饭、记生日、淘宝团购、烧烤前一天在家串肉），还有文艺委员（负责订电影票、搜集演出信息、跟李志许巍要签名）。我自命风纪组长，并当即劫持了他们的私生活，宣布了一条纪律：外面爱干啥都成，但绝对不许在朋友圈内发生恋情，朋友圈内的婚外情更是死罪！原因很简单，他们崩了，我们瞬间就会失去两个、甚至三个四个朋友。

我还是太天真了，爱情算什么，价值观的分歧，那才是天崩地裂。一年春节，某公共事件在网络爆发，朋友中迅速分成两派，此后大半年，两派见面就吵，最后还发展成为人身攻击。好几次见面，有老师在场，都没能压住大家的争执。公知们说得很学术："'某某事件’撕裂了中国知识界。”知识界是什么我不知道，撕裂了我的朋友圈才是真的。

身边如此，远处也一样。难得借着出差去一次北京上海，邀请朋友吃饭。十二三个人，凑不成一桌，“他也去？那我不去了。”知情的朋友分析了原因，A和B是情敌，C和D在中医问题上有分歧，E和F是左派和右派，G和H分属诗歌界的这帮那帮，I曾是J的上司，没少给后者穿小鞋，K和L为《一代宗师》是不是好电影反目，在微博上互相取消了关注，M不愿见N的理由更奇葩：“我写了一个故事大纲，点子特新，刚刚给了影视公司，不能泄露出去，但你知道，写东西的人还特爱给别人说自己的想法，N也是干这个的，我怕我忍不住跟他讲我的故事。”

天可怜见，我一个外省人，深夜伴着旅馆的孤灯，在笔记本上画表格，为的是让青霉素不要遇见庆大霉素，又要让抗病毒蛋白酶和抗病毒逆转录药物尽量联用。一桌饭就这样裂变成了好几桌。

学哲学的朋友告诉我：“人们之间的斗争状态才是稳定状态。”但文艺青年们，在这冷漠广大的世界上，你们是一小撮啊，应该相爱啊，应该好好在一起。阿兰·巴迪欧说了，两个人的爱，是“最小的共产主义单位”，这种形式，是一种更大规模的集体之爱的演习，让“从两个人过渡到人民”成为可能。

但显然，只有一条路，可以让大家消除隔阂，无条件地构成这种共产主义单位，那就是出现一个庞大无比的共同敌人。我幻想着：有一天，外星人降临地球，有的人当了无耻的“地奸”（地球奸细），更多人却面临被毁灭的命运，什么左右忠奸直弯，都得悲壮地望向天空，在外星舰队总指挥官按下毁灭按钮前互相表白：“对不起，我曾为唐慧案、冀中星案骂过你傻X，我对不起你。趁着还有信号，咱们重新加上互相点个‘赞’吧！”

最佳剧务

自从我所在城市的文艺青年们掀起了用 DV 拍摄电影的热潮，作为文艺青年中的一员，时不时地，我就接到这样的电话：“明天我们拍一场戏，你给我带二十个人过来。”

有些病是会神秘地传染的，一个地方的某某牌车撞人碾人，全国的这个牌子的车都紧随其后；某处的老太太指控无辜的路人撞了她，大江南北马上涌现出许多行径相近的老太太。而全国的文艺青年，自从知道王家卫贾樟柯以来，不约而同地以为自己掌握拍了进入戛纳威尼斯的捷径。他们的电影，一律只有故事大纲，没有剧本，更别说台本，热衷于使用群众演员和摇滚乐，喜欢大场面，这不，光分解到我这里的就是三十个人！这简直只能用生物学去解释了：相同的环境下，总能孕育出相同的生物，不管他们在生物的谱系上有没有声气相通，有没有因为获知环境的信息而派出种子。

列位看官恐怕和我一样，因为身在人口大国，对“三十个”这样的数字已经麻木了，但要约好三十个人、耐心回答他们的提问和咨询、详细地告诉他们拍摄地点、在开拍前提醒他们到场、反复描述交通线路、把声称没有地理概念的他们接到现场，后续的电话至少得打三百个！而且全都是义务的！

于是讨价还价："十五个可以吗？"然后我分解任务：宋毅交游广阔，七个；宋晖比较内向，分三个；剩下五个交给包子。还得根据剧情对群众演员的相貌气质着装提出具体要求："穿土一点！""全穿深色衣服！""得有城乡结合部气质！"每每在这种当口，宋毅总不忘记表现，懒洋洋地说："我的朋友可都很时尚的，我恐怕他们找不到你说的这种衣服！"有一次，因为没能凑够约定的人数，我站在商学院附近的大街上拉民工："拍电视！一小时二十块！"

有的时候，我接到的电话是这样的："你能给我找两身警服、一身护士服、两件老羊皮袄、一个八十年代的黑色人造革包吗？"这都是哪和哪啊！我羞涩地给我的警察朋友打电话："明天借你的警服用一下。就用一下下，保证洗干净送回……"得到的是带着坏笑的回答："要手铐吗？"

我也曾退而自省，难道我就像郭冬临小品里的那个人那样，总要显示自己有能耐，宁肯自己连夜排队也要替人买火车票，宁肯自己搭钱也要声称自己能买到便宜电器，才导致了这样的局面么？哦，不，不是的。让我成了义务剧务的，是我对电影的好奇心，不能去张艺谋陈凯歌的拍摄现场，去老柳（我的朋友，前摇滚歌手，诗人，陶艺家）的拍摄现场看看也不错嘛！不能进入贾樟柯的班底，把包子当做潜力股挖掘培养起来，不也不错么？

解决了思想上的波动之后，我重又热情地投入到义务剧务的工作中去："你知道哪儿有老太太组成的秧歌队吗？要妆化得特浓艳那种！""你能找到社火队的狮子头吗？""你能联系上公交公司的人吗？我们需要一个淘汰掉的老式公共汽车。""要一条看起来很凶但不乱咬人的狗。”

我最终百炼成钢了，什么样的要求都不会吓到我："你能帮我联系到那个在广场跳舞的易装癖男人吗？我想采访他，拍成纪录片。”“你有胸毛吗？”“……”“他喜欢有胸毛的，可能会要求摸一下你的胸毛啥的，你有吗？”我镇定地、好心地、纯洁地回答着。

戛纳影帝

我们的朋友老郎，如果不认识我的朋友包子的话，可能会过得快乐点——这话还得说得再明确些：即便认识了包子，如果包子不是文艺青年并且发心要拍电影的话，他可能也会过得快乐点。

他是河南人，整个家族十分老式地聚居在一个老厂的大院里。他家老人去世，办葬礼的时候我去过，一步一步都像走在梦境里——我怀疑我是踏进了时光机回到了八十年代。他本人在铝厂保卫科工作，白天睡觉，夜里抓偷铝锭的贼，开着摩托绕厂跑了一周又一周，关键时刻，还得屏住呼吸，猛地把手电筒灯光打到角落里蠕动的黑影上，并配以一声断喝。要是不搅和到包子的电影里，光抓贼，可能会少点心事，但也很难说，他原来的生活实在太平淡了，即便快乐，也是混沌的快乐。

他闯入“电影界”纯属偶然：有几次文艺圈子里的朋友搞活动，缺人捧场，包子连哄带骗，以“现场有很多美女而且可以搭话”“活动完了有自助”为饵拉他来充数，没想到他竟十分专注，下一次主动参加，甚至还主动发言，立刻引起了圈中怀有“电影梦”的诸位先生的关注。最难得的是，他看上去一点不像文艺青年，脸部轮廓鲜明，且有质朴气质——这简直是文艺青年们梦寐以求的男主角。如果在贾樟柯，他就是能扮演小武的王宏伟，如果在蔡明亮，他就是从街头发掘来的李康生。

包子于是拉他下水，先是在他们工厂的浴室，替他拍了一套裸照，他根本不像想象中那么羞赧，每拍一张，就欣欣然奔过来看效果，之后两天，还打了至少十个电话问包子，为什么不把照片贴在博客上？为什么？！他已经打电话告诉了好几个同事和战友上网去看他的裸照！随后，包子又进一步从思想上毒害老郎，把手中那套广西师范大学出版的电影大师丛书，一本一本借给他看，彻夜和他谈感想，不断用“戛纳影帝”诱惑他。老郎也十分配合，不但读，还认真地写读后感。我猜想，老郎终于觉得有梦想照进了现实，在铝厂抓偷铝锭的贼，再刺激，也有抓够的一天。

这种精神使他迅速成了圈中青年们的男缪斯，包子的电影还没开拍，他已经在至少两部MV、两部剧情片中亮相，并成功出演了下岗职工、夜市烧烤摊老板、城乡结合部老痞子等角色。在大艺术家丁丁同学在沙漠里拍的影像作品中，他甚至正面全裸出镜，形象由此进入了上海的香阁纳画廊。至于友情客串的，更是数不胜数。

老郎的女友小岳（前理发店女老板，现服装店老板）十分不满，周末来我家聚餐，一边扯着青菜，一边幽怨地说：“再艺术，也不能动不动就脱啊，叮铃哐啷地站在那里，像什么样子嘛！”“叮铃哐啷”之形象、之传神、之市井……我一边在那边拌凉菜，一边强忍着笑，结果把醋都倒多了。

但小岳终于也被拉下了水。包子最近凭借一部剧本获得了小投资，老郎顿时成了理所当然的男主角，他甚至从铝厂请了长假，准备大干一场，还拉来了自己的外甥扮演剧中的儿子，而小岳经不起游说，即将在包子的电影里扮演一个不甘寂寞、时常去舞场跳舞的中年妇女，还被我们的朋友宋毅扮演的舞客打了好几巴掌。

现在我们都管老郎叫“戛纳影帝”，我甚至猜想，那些被他抓过的偷铝锭的贼，有天会不会在电视上看到他，并且认出他来？

你吃过臭豆腐吗

我们四个人中间，我是消息最灵通的一个，因为老泡在网上，而且线人众多，明星绯闻，奇闻异事……我都是第一时间就知道了，然后赶紧扩散给他们三个人。当然，我主要是非常享受他们震惊的样子——“真的吗？真的假的？你怎么知道的？”

这天，我照例在网上逡巡着，然后，我在南方一家著名报纸的电子版上，看到一个爆炸性的消息：广州的一些臭豆腐摊贩们，是用大便加工臭豆腐的！因为那样会缩短加工的时间，而且味道特别醇正！

我是从来不吃这个东西的。我每天上班必经的路上，有段时间，突然出现了一个连锁店式的臭豆腐摊子，臭气熏天，从我下公共汽车，直到走进单位大门，都始终被那股味道尾随着。我估计有很多人和我一样不满，但整整一年过去了，那个臭豆腐摊子还开在原地！我绝望地、灰心地想着，连一个臭豆腐摊子，都能把方方面面的人摆平，公然开设在闹市区！因此，我是绝对不会去吃它的。但我还是十分怀疑地回忆了一下我的生平，直到确定我从没有吃过一块臭豆腐，这才放心了。但我立刻想到一个问题，我是不吃，那么，他们三个呢？

我先冷静地拨通了包子的电话："你喜欢吃臭豆腐吗？"

包子用一种羞涩的、口水立刻含在了嘴里的口吻说："我特别喜欢吃，嘿嘿，怎么了，你要请我吃臭豆腐吗？"

我还迂回了一下，用温情的口吻问他："那跟我们在一起的时候，怎么从来没见你吃过？"

包子含羞地答道："我怕你们会笑话我嘛！"

我用一种故作公允的语气说："这有什么，你有好多姐姐嘛，她们肯定会影响你的饮食习惯，爱吃个麻辣烫什么的，并不奇怪。但是，你知道吗？"我停了一下，然后告诉他："臭豆腐都是用大便加工的！"然后，我放弃了一切伪装，兴高采烈地、幸灾乐祸地描述了报纸上报道的内容。

我明显感觉到包子那边静默了有十秒钟，并且似乎听到了系统紊乱的那种声音，但是，生意人的狡黠，使他马上发起了反击："那是广州！兰州人才不会这么干！"

我早有准备："你是生意人，你难道不知道？只要有一个地方的腐竹是福尔马林泡的，那全国都会学习这种先进经验！而且你想想，现在的公厕都是封闭式的，大粪都要卖钱的，他们从哪里弄那么多的原料？恐怕还得靠自己！你想想……"

包子的所有防线，都被我的恶趣味打垮了，他崩溃般地发出了哀鸣："再别说了！"然后迅速地挂掉了电话，我在电话这头，似乎都能看见他痛苦地坐在了地上，双手抱着头。

我又打电话给宋毅："你爱吃臭豆腐吗？"

宋毅警惕地问："有时候吃，怎么了？"

为了打消他的警惕，我又施展了迂回战术，淡淡地说："我就是想知道，哪里的臭豆腐好吃？是不是吃起来也像闻起来那么臭？"

宋毅立刻放松了警惕："哦，一点都不臭，挺好吃的，我们楼下就有一家，我经常吃，西关十字有一家也不错，我和小白（注：他女友）去吃过。"

这就是我要的答案，我立刻开心地告诉他："你知道吗？……"

宋毅那边又静默了足足有十秒钟，然后，他恼怒地说："你这个变态！一天尽关注些无聊的东西！"然后，电话被挂断了，不知道他是不是奔去卫生间了。

最后，我打了电话给宋晖："你喜欢吃臭豆腐吗？"

宋晖奇怪地说："问这个干啥？跟女孩子们出去的时候，经常吃的。"

我立刻告诉他："你知道吗？……"

预料之中的长达十秒钟的静默又出现了，然后，我听见了宋晖经常出现的那种愠怒的语气："我也就是以前吃过，最近几年都没吃了！这个事肯定是最近出的！"

我还是有准备："但是报纸上说，他们这么干都有好久了，而且你也知道，中国的哪件坏事，不是干了好久之后才被人发现？"

宋晖又静默了五秒钟，但他毕竟是和媒体合作过的人，立刻找到了绝地反击的武器："你肯定是从哪里看来的小道消息！"

我马上告诉他："这可不是小报！这是《某某日报》登的！"

他愠怒地说："你难道就没吃过？"

我洋洋得意地告诉他："我还真是从来都没吃过，哈哈！"

晚上，又是在常去的酒吧碰头，还在门口，我就听到了他们三

个愤愤的语声 ：“这家伙就是个变态！”“他成天就关心这些恶心的事情！”“我跟同事说了，他们都说绝对不可能！”

我捂着头嬉皮笑脸地坐到他们旁边，他们立刻把一腔愤怒倾泻在了我身上，“变态”“恶心”之类没有新意的词语不绝于耳。

就在此时，我们的朋友小盖领着他的众多女友进门了，他们还没落座，我就看见包子他们三个的脸上同时浮现出了一种“咦？！你们也别想好过！”的神色，停顿了一秒钟，三个人猛然爆发了，但他们三个人都知道对方要干什么，立刻打成一团，包子拼命地要拉住宋毅，宋晖一边去捂宋毅的嘴一边做出要说话状，都想阻止对方先发布这个消息。宋毅一边愤怒地斥责包子 ：“你干啥！我的衬衣是 1600 的！”一边从宋晖的指缝里呜咽着问那几个女孩 ：“喂喂喂，那个谁……你爱吃臭豆腐吗？”女孩子们狐疑地说 ：“爱吃啊，怎么了？”宋晖刚要喊出来，又被近乎抓狂的包子猛地捣了一锤 ：“今天小韩是第一个给我打电话的！我是第一个知道的，应该我来问！”

我用手撑着额头，笑得浑身发抖。小盖疑惑地问我 ：“他们要问啥？你是不是也知道？”我左手扶着额头，挥挥右手 ：“让他们问，让他们问！”

宋毅语录

我的朋友宋毅略长我几岁，是个很有趣的人，其言其行都极具娱乐效果，我留心记了一些，经过整理，集中在这里以娱乐大家——根本不要担心他会跟我讨要版权，他最渴望的事情就是上报纸上电视露脸！

宋毅有一群朋友，自觉有文化，非常看不起疯疯癫癫、貌似恶俗无比的宋毅，常在他面前展示他们的清高，宋毅毫不理会，并且这样讽刺他们："他们有一种'这种大官人只有我们接得'式的清高。"

有次，我们一群人坐在酒吧里，一个女孩子不断地谈男人如何如何，朋友包子是做生意的，终于不耐烦了，说："我们不要谈男人吧，谈谈怎么做生意，赚钱。"

宋毅立刻低低地接了一句："谈谈如何赚男人的钱？"

《听妈妈讲那过去的事情》中的歌词，被宋毅借来嘲笑成天宅在家里的某大龄单身男："全部生活都在两只手上！"

包子和我经常收到礼物，我们用的MP3（后来发展到IPOD）都是朋友送的，宋毅对此很不服气，他几次想要买个MP3，但是一想到我们的是别人送的，就立下志气也要等人给他送一个，结果等了很久很久，一直等到 MP3 被淘汰了，到底也没人肯送一个给他。后来，他帮朋友做股票赚了一点钱，于是暗地里请求那个朋友买个 IPOD 给他，装作是送给他的，并且要在大家聚会的时候，高调地送给他，以便让他在我们面前直起腰来。结果，人家宁可给他提成，也不愿意当众送东西给他！他终于决定哀伤地、低调地，自己给自己买一个。于是我们一起故意嘲笑他，嘲笑没人给他送东西，他就气愤地说："这是一个什么世界？！你们被绯闻对象送东西不是丑闻，我自食其力，用自己的钱给自己买个 IPOD，居然成了丑闻？！"

从此，我们把凡是自己买的东西，统统称作"丑闻"，谁要添置了新东西，大家就殷殷地问："你身上的毛衣是丑闻吗？""你的鞋子是丑闻吗？""你怎么浑身上下都是丑闻啊？"

宋毅每天晚上都辗转各个酒吧花天酒地，从不例外，但他家离市区很有点距离，所以他常常是半夜一两点才打车回家去。有天他大概是觉得在座的人实在无聊，就准备提前回家，而那时候不过才九点多。大家不由问他怎么这么早就走，他嫣然一笑："去给我妈一个惊喜。"有段时间，他决定给他妈妈一个更大的惊喜，就叫嚣着要"从良"，晚上再也不出来了，但没两天他照旧一到下午就打电话到处约人，我们就把他"从良"的话拿出来问他，他就说："我那是技术性从良。"我嘲笑他："从良路漫漫其修远兮，吾将上下而求索。"

宋毅去相亲了，又羞又恼地空手归来，声情并茂地向我们诉苦：

"没见过这样的介绍人！约的地方是自助火锅，上半场，就听见这个女人说（以下请用东北方言念出）'次（吃），为什么不次（吃），白便宜了则（这）帮森（孙）子，小宋，再去取一盘虾来！小王，你也多次（吃）点，可不能便宜了则（这）帮森（孙）子！’我们只好铁青着脸，手忙脚乱地往嘴里塞东西，根本没说上几句话。好了，下半场，光听见这个女人说‘小宋，再次（吃）一点，则（这）些安村（鹌鹑）蛋你们两个分了，次（吃）不下？年纪轻轻，怎么次（吃）不下，次（吃）！小宋，给小王夹一点腰花，把锅里的菜夹到碗里,别留在锅里,把森（剩）下的菜都丢到锅里组（煮）上，别让淫（人）看见了。’我们又手忙脚乱地把菜这里藏一点，那里塞一点，好容易才打折清楚了，到现在，我都记不清楚介绍的对象长什么样！相亲，可千万不能去吃自助火锅！”

从此，出去吃饭，我们互相夹菜的时候，嘴里都用东北话说着：“次（吃），为什么不次（吃），白便宜了则（这）帮森（孙）子！”有朋友去相亲，我们还用宋毅的亲身经验教导人家：“相亲，万万不能吃自助火锅！”

宋毅嘲笑起我来，从不吝惜他的才华，既然找不出我别的缺点，就把火力全部集中在我的日渐发胖上。以下是他的经典语录，我模仿畅销书封底和护封上的“《纽约时报》书评”什么的摘要如下：

“波澜壮阔的！”——某日，看到我的脸部特写照片，他这样说。

“什么样的镜头能够装得下你？你不抢镜头也是抢镜头！”——电视台邀请我去做嘉宾，他有如是忧虑。

“这位朋友，您可真是别具慧眼！恭喜您，答对了，加十分！”——新认识的朋友，认为我是在场的朋友里单位职务最高的时，他热情洋溢地伸出手来，跟人家握手。

“名典的窗户玻璃莫非是放大镜？”——某日下午，他在名典咖啡临窗坐着，正巧看见我从窗外的街道上走过，他立刻打电话给我，发出上述质疑。

有次我请客，包子自作主张替我在一家很贵的地方订了一个包厢，我通知宋毅地点的时候着急地说：“好像那里的菜很贵，我点菜的时候会不会冒汗呢？”宋毅：“那我来点菜好了，这样你只需要在埋单的时候冒一次汗！”

三十岁生日那天，我向宋毅倾诉人面临三十岁时的黯然惊心，宋毅这样安慰我，口气酷似老鸨：“第一次过三十岁呢，都会痛，多过几次，就不痛了。”

他的名言：“四角五角恋爱难度太大，非常人所能承受，三角足矣！”

他的生活主张：“要糜烂，不要腐烂！”

有天晚上临睡前给宋毅打电话，谈起“性冷淡”，遭到他的恶毒讽刺，他联系我以前称自己“抑郁症”等等自我炒作的话题，告诉我“要分清楚‘无爱症’和‘性冷淡’，要分清楚‘对感情绝望’和‘性冷淡’”，最后，他下了结论：“咱们不是性冷淡，是性冷淡咱们！”

我们的朋友有个暗恋者，因为行为乖张，一向很受我们冷遇。有一天，大家对她稍微和气了点，结果她得了意，蹬鼻子上脸，并最终导致了一场灾难。宋毅事后做了如下评价：“就像小孩子，就不能给太多糖吃，糖吃多了，晚上就要尿床！”

“糖吃多了”“尿床”，成了我们的黑话。一旦有人在我们面前表现了得意，我们交换一下眼色：“糖吃多，尿床了。”

宋毅长期喝酒，说话的时候，经常出现思维短路甚至搭错线，往往收到爆炸性的效果。别人夸他皮肤好，他得意地在脸上弹一下，想模仿电视广告说“爱生活，爱拉芳”来的，结果说出来的却是“爱生活，爱拉登”；谈起电影，他要说奥斯卡奖，结果，说出来的是“澳大利亚奖”；帕慕克获诺贝尔文学奖那天，我们为了赶时髦，开始谈文学，宋毅想说诺贝尔奖的，说出来的是“奥斯卡奖”，我们一起嘲笑完他，却没想到，“奥斯卡奖”像疯牛病一样传染给了我们，“帕慕克得了奥斯卡奖以后……呸”“这几年的奥斯卡奖……呸呸”“耶利内克就不配得奥斯卡奖，呸呸呸”。

又一次，朋友聚会的时候，现场来了一个陌生的美女，宋毅竭力在人家面前展示自己的学问，肉麻地夸人家“天生丽质难自弃”。说完了这句，他觉得下面应该还有一句，糟糕的是，短路状况发生了，但在美女面前表现自己的欲望压倒了一切，想了一秒钟，他文雅而笃定地说出了他所以为的下句：“直挂云帆济沧海！”

第五辑

兰州，最后一曲蓝调

杏花四月天

这几年，每到四月，我都尽量减少外出，尽可能多地待在家里，原因实在难以启齿，一到四月，杏花就要开了。

日期不尽相同，如果天气暖和，会提早到三月底，如果天气比较冷，就会推迟到四月中下旬，正常年份，都是在四月初的那几天，总之都是在四月。对我来说，四月不像艾略特所说，是残忍的季节，四月是杏花的季节。

我清楚地记得二〇一〇年到二〇一二年的杏花开放时间。二〇一〇年，杏花是在四月十号左右开放的，一周之后，寒流来了，一场小雪之后，杏花迅速凋谢，那一年的杏子因此减产，价格也比较贵，而且品相普遍不好；二〇一一年，杏花开得略晚，一直到四月十五号，才渐渐有花瓣探出花苞，这一年没有寒流，没有春雪，杏花一直妥妥地开到月底；二〇一二年，杏花开得早，四月一号，到处都能看到零星的杏花了，四月十号之后，即便低寒少阳处的杏花，也都开了，这一年的花期也很长，几乎占满整个四月。

杏花的开放，之所以特别值得说道，是因为，对西北人来说，杏花是一种盛大的馈赠。在荒凉的黄土地上，在一个漫长的冬天之后，那些已经像是干柴的杏树，突然柔润起来，树皮还是一样苍黑，但隐隐地泛出绿意，然后就有了花苞，开始是木愣愣的，像是树枝的节疤或者瘤子，这样持续四五天之后，花苞泛红了，整棵杏树成了一团朱红色的雾，四月到了，杏花一夜开放。黄土地的荒凉没变，但到处都是一树树的红与白，那种映衬，那种不可思议。

和杏花比，别的植物的花朵，似乎都太具体，再多，再铺陈，也是一大片固定的颜色，没有漫湮之感，杏花不，杏花要远看，远远看去，一棵一棵树，都是雾气腾腾的，淡淡的水红和粉白，在荒凉之中湮开、扬撒，不停地，没有声响地。

我之所以只记得这三年的杏花花期，是因为从前的三十几年，我从没留心过这些，后来总算有了自觉，却因为某种原因，在没有杏树的地方生活了很久。二〇一〇年，我终于彻底回到家乡。有天坐车出去办事，经过一片野地，看见遍野开花的杏树，像一炬一炬的火焰，立刻下了车，在一棵杏树上坐了很久。冬麦已经绿了，田地中有很多劳动的人，四下里都是模糊的人语声，天上不时地有飞机飞过去，拖出一道白色的痕。

我知道一定有一些地方，四季都有花，不用煎熬不用等待，但我和家乡已经形成一种 SM 关系，我熬过漫长的、零下三十度的冬天，似乎就为等到立春那天的身心开放，还有杏花遍野时的轰然狂喜，冬天有多煎熬，春天就有多狂喜，两者恰成正比。

这种 SM 式狂喜，只能在家乡滋长。所以，我的朋友粲然，曾和我互相鼓励：“我们都要努力，然后才可以好好地生活在自己的家乡，哪里都不要去。”

二月，然后是三月、四月，杏花又要开了，咱们哪里都不要去。

秋日惊奇

经历的秋天已经够多，但每到秋天，还是觉得惊奇。

一条寒碧的溪流旁边，是金黄和火红的乔木，稍远一点，墨绿的松树一直铺展到山上——也不是纯纯一色，向阳的某处，有一带鹅黄的白桦，像经过人工排列，在墨绿之中豁出一个整齐的三角形。

山路旁边，高山栎的叶子在红与棕之间，花楸树的红果，在阳光中微微透明，几乎可以看见果核的黑影。铁线莲的白花，披头散发地挂满柔软的藤蔓。而在山脊最高处，一列棕黄色的落叶松，龙须一样，整整齐齐地排列在山脊上。

忽然明白了，为什么会有网友，取名“秋日的奇妙时刻”。秋天，为的就是久久酝酿之后的惊骇，在骤变之后的“给你点颜色看看”里，有巨大的骄傲。

依照“化学是你化学是我”的思路，这不过是酸碱的博弈，是秋天内部的一场东风压倒西风，是叶绿素、叶黄素、花青素和胡萝卜素的此消彼长，是一个唯物的过程，毫无惊奇之处。但只有亲历之后，才会为之折服，才会明白，这是世间神迹。

这季节，往往来得大刀阔斧，不像春或者夏，是在暗夜里慢慢更替，慢慢布置，接班时候的变化极为细微和锋利，秋天是悍然光临的，一夜之间就打翻颜料缸，改天换地，毫无商榷的余地。

这季节也特别猛烈，即便在城市中间，也休想躲得过去，它是基因里的旷远记忆，是洞穴时代流传至今的自然神话，让人在水泥森林之中，也突然和某处的巨变接通，被某处的召唤惊醒。

这季节，除了沉醉，除了“甘甜压进浓酒”，除了“读书，写长长的信，在林荫路上不停地徘徊”，还能做些什么呢？

法国导演泰西内（Andre Techine）有部电影叫《我最爱的季节》，那电影讲的是家庭成员之间的关系，从头到尾充满了争吵、怨恨、龃龉，但是，在片子开始的地方，却有那样一个镜头，住在乡下的母亲，在一棵长满红果的树上摘果子，这个镜头压过了影片中所有令人不愉快的部分，让全片都被秋天那干燥温暖的气氛浸染着。

那些特别强烈的事物，就有这种能耐，可以盖过别的一切，压制住别的一切，它是属于未来的，提前给未来的记忆奠定了基调。

秋天，大概就是这样，在秋天发生的事，有种旷远的调子，在秋天经历的离别，被打上黯然销魂的烙印，在秋天读过的书，或者说，适合秋天来读的书，都有种别样的深邃，和这个季节的颜色、气味环环相扣。是红、黄、深棕、凝重的蓝，清丽而又怆然，萧瑟但却生机勃勃。

想起与秋天有关的阅读经验，比如，读帕乌斯托夫斯基的《面向秋野》，还有，看侯麦电影《人间四季·秋》，那是几个女人和一座葡萄园的故事。侯麦用朴素的方式，捕捉到了自然界光影中最质朴最美且最耐得住咀嚼的一面，他电影里的秋天，光线是潮湿的、金灿灿的、带着凉味的，还有索可洛夫的电影《父与子》和《母与子》，锡兰的《乌扎克》，刘晓庆主演的电影《原野》，斯琴高娃主演的《归心似箭》。

最应该做的，还是听从秋天的召唤，到秋天最深处去。

一个下午，在山路边、一丛白杨树下等人，突然间，一阵透明的狂风经过，金色的白杨树叶被扬到蓝天上，过了片刻，才慢慢地落下来。白杨树间有烟和阳光，像一尊尊金佛在庙堂中，黄叶子几乎是带着金属的叮当声漫天撒下来，琳琅地，仙乐飘飘地。

那一刻，骤然充满我心肺的，除了惊奇，还是惊奇。

树犹如此

当年，萧丽红的《千江有水千江月》出新版，和朋友聊起这本书，她说，作为写作者，她的梦想之一，就是写这么一部小说，一个极淡极淡的爱情故事，放在风俗的背景上，风俗要有特异之处，但也不至于过分狭窄和费解，情爱线索就随着观灯、做荷包、采莲藕流动，家乡是爱情的背景，也有可能是爱情的内容。

和她讨论的当时，我立刻想到自己，如果要我写这么一本小说，可以作为背景的风俗内容，大概有哪些？率先想起的是端午节。我们这里的端午节，其他的和别处都一样，要吃粽子、在门口拴一把艾草，略微不一样的，是要在家里插沙枣花，送香包。

沙枣树西北常见，可以长到十几米那样高，树枝有刺，叶子像柳叶，正面灰绿，背面银白，开淡黄色的小花，形似桂花，也像桂花一样浓香，果实拇指大小，果肉是密实的粉状。

沙枣花开在五月，正是端午前后，于是渐渐成为西北端午的一部分。端午前后，农民折枝在菜市售卖，非常便宜，买菜的时候，顺便带上一捆，用报纸包好，防木刺扎手，回家插瓶。香包是绣花的荷包，做成各种动物植物的形状，里面填满艾草。沙枣或者艾草，都是阳光下的植物，给人的感觉，是阳性的、刚性的，加上香味悦人，被当作辟邪的物件，并不意外。

我若写“极淡极淡”的爱情小说，一定会有沙枣花。男女主人公经过早市，有人推着三轮车售卖沙枣花，她停下来买了一大把，他默默地接过来，替她拿着，怕刺扎到她。或者，索性安排他们走到野外去，看到一棵开花的沙枣树，他自告奋勇地爬到树上，折了花枝扔下来，如果要恶俗一点，大可以让他的手指被刺扎到，让她替他着急。

但当真要写起来，我还是会掂量的吧。文艺作品里，风俗也有强势弱势，所谓强势，是占据话语优势，写出来好看，容易理解，所谓弱势，是不在人们的观看期待里，需要铺排解释，给出理由。

南方的风物，多半在强势之列，北方的多属弱势，采莲藕、赛龙舟已经经过千百年的文艺普及，写出来，不需要解释，折沙枣花、六月六的花儿歌赛却需要太多解释。一种风物风俗，一旦进入弱势行列，就会更弱势，一旦需要解释，就会需要更多解释，直到解释无能，让人闭口不言。

人总得到处游走，去更强的地方，一旦离乡离土，原先的风物，都会成为闭口不言的密语。为了融入那个更强的世界，就只有说他们的话，把他们的风物看透看惯。就像我那些去了南方的朋友，微博上总是西湖繁花、珠江木棉。

《千江有水千江月》中，贞观与大信对话，说，她的家她的乡，像一个圆，她大舅那样离家的人，若不能回到那个圆里，就只是继续活命罢了，再也难得快乐。但后来，大信得到伦敦大学的奖学金，要离家了，她只有这样安慰他："只要不忘怀，做中国人的特异是什么，则三山、五海，何处不能去？"

记着那些特异性不难，难的是再也无法言说。就像那些去国离乡的人写给别人看的文章，树只是树，而不会是沙枣树，人只是男人女人，不是某个神婆闲汉，一切一切，都得削薄，以便被理解。总是这样，即便在“极淡极淡的爱情故事”后面，在写什么树里面，也有话语政治。

河流是一座城市的幸运

在朋友的文章里，看到了诗人的句子："河流是一座城市的幸运"，我忘记了诗人的名字，却记下了这句子。

我爱的城市是有河的。我的城市有黄河穿城而过，慨然地将城市分作两半，整个中国，被黄河这样大刀阔斧临幸的城市，只有兰州，只此一座。我们说"我在河北"的时候，说的是河的北、城的北，而不是中国的河北，但穿城的河，让我们有了胆量，去无视及戏谑，仿佛整个中国是以此为界，分出南与北。前年我终于移居河北省，还是时常接到来自家乡的电话："晚上一起吃饭！""我在河北！""打个车赶紧过来！"我忽地意识到了不妥，我怎么连家乡话语的约定俗成都忘记了？我得赶紧补上："我在河北省！"

我喜欢夏天乘一辆环河的车，34 路或者 26 路双层巴士，一圈一圈游荡下去，河一会儿在车窗的左边，一会儿在右边，阳光透过晶碧的树叶洒在车厢里，有树枝挂擦着车身，有时候是柳树，有时候是槐树，还带着白花，探手就可以触到。

有了河，自然就要有桥。穿城的黄河，给我们带来五座桥，德国人、美国人、中国人修的桥，铁的、水泥的、黑的、红的、白的桥。

我的城于是不是平板一块，一座城有了桥，就在空间上丰富了起来，在心理上复杂起来，桥是一种过渡，是告别，是联通，是空间的割裂处，是人间的缝隙，是日常生活里扣人心弦的刹那，通过一座桥，不只意味着物理意义上的位移，更是心理上的位移。桥不是长住之地，不是久留之所，桥是动荡之地，是我们生活里，一刹那的背景，是生活的海平面上，偶然露出的礁石。有了桥，即便在兰州行走，也像是旅行。

河流是一座城市的幸运。河流是一个城市地理心理上的开怀与贯通，是地理性格上的润泽与丰盛。它使得城市难得闭锁，让与这河流有关的城市都缔了盟约。

我所爱的其他城市，也都是有河的城。我去过武汉，长江横贯这个城市，在船上，看得见两岸的芦苇草和驳船入水部分的铁锈红，水面上漆成碧蓝的船身，还有半裸着上身的船工和少年；我去过重庆，长江、嘉陵江从此流过，在渡轮上，整个城市的曲折深巷，就在眼前一层层铺展开来，与水的素净和单纯恰成对比；我去过广州，珠江在那里静静流过，让与这个城市有关的诡异传说全都溃不成军；我去过曼谷，坐着船，经过湄南河，湄南河波浪宽阔，那些吊脚木楼和在岸边洗衣的人，洗澡的人，一一从紧紧抓住船帮的我们眼前掠过，我甚至格外真切地看见，一个孩子穿着一身脏衣服，抓着一枝花，在低矮的房屋间急急奔走，那种孩子式的走法，那种毫不顾忌的急切，都是我熟悉的，他要把花给谁呢？

我甚而因为苏州河喜欢上上海，上海肯给我们看到的一面，永远是精致的、稳妥的、密不透风、斤斤计较的，苏州河却是颓败的、惨烈的、有破绽的、大生大死的。河流固然是城市的背书，却也是城市的 B 面，提示着它的营养所在，它的不完美，它卸妆之后的真相，以及颓然之后的可能。

河流是一座城市的幸运，浩荡的江河，更是一座城市的福祉。即便是在流离中，我也总要寻求被这种福祉荫被，若有人邀我去他的城，我必然问一声 :“你那里有河么？是否宽阔？”

写在练习本上的小说

有段时间很闲，想努力地找些事情做，就翻出些以前的东西来整理，于是找到一个十九岁时写的小说。

当时非常努力，因为没有别的消遣，就一心一意地写字（这段我不自觉地套用了《金锁记》里的句子，说的是姜长安抽大烟，但是写字和抽大烟可真是相似得非同一般），两年时间，写掉的本子总有半尺厚，那些本子里面杂七杂八什么也有，偶然想到的句子，素描练习（例如把桌子上的静物写下来），成篇的文章，都有。

这个小说也在里面，名字是《创世纪》，那时候我正学习张爱玲，所以到处都有她的影子。看着看着，觉得还有点意思，就敲了出来，再加点自己的说明，也算是一篇文章。

隐约记得，我写的是一个男人的不安全感的消失。这男人，我给他设置的身份是大学里美术系的老师，因为正好可以卖弄我的一点点美术知识，而且他的不安就稍稍有了来由。故事的跨度是七天——最恶俗的象征，开始的时候，这个男人的老婆在医院里待产，他们正好搬了新家，他就在新房子和医院、课堂这三处地方走来走去。七天的时候，他老婆生了。他的世界似乎安稳了下来，他的不安感暂时消失了。

是这么开始的：

“吴丛溪有一种与生俱来的不安全感。他不敢从阳台下走过去，生怕阳台会掉下来，也不敢在阳台上多站，意识里，总觉得哪里有一条裂缝存在着，因他这一站，裂缝又延长了。每天早晨打开房门的时候，他总是习惯性地往后一让，总是觉得门上靠着一个死去的人，因为他的开门，软软地倒了进来。”

其实这是我自己，我后来专门写过一个随笔，叫《不安》，里面还有这么一段：“然而，这种不安是无处不在。就像刚才，我买了一条香肠，走在回家的路上，我没办法不觉得它在袋子里蹦跳，并且不断咬噬我手中的袋子，意欲破洞而出。这真让我发疯，我开始狂奔，奔进家门，将它丢在桌子上，就开始写这篇文章，就像我自幼就相信的那样，恐惧、不安、不祥的预感、诅咒，一经说出，一旦写下，就会破解。”

吴丛溪刚搬了新家，这段写他的喜悦，我特意把他的表达喜悦的方式和他的工作挂点钩：

“厨房的墙壁上一律贴了白瓷砖，碗架也是现成的，是一格一格的木头漆了白油漆。他将灯一开，满屋子都是黄白的柔光，他几乎不能相信，仿佛感觉屋子里有什么东西还没来及逃走，被他的灯光照得定住了，然而这是真的，他扪扪墙壁，又去将壁橱的门开关几下，门缝里还有些金黄的木屑，门轴也有些生涩，然而这是真的。他飞快地跑去找了一只蓝花盘子，装满了黄绿的苹果，然后把盘子放在瓷台子上，自己退后几步，双手抱在胸前，左右端详个不住。”

然后，他去医院看他待产的老婆，一路上，他在那里走路，我就跳出来解说他的老婆，这是他老婆的相貌，这相貌是照着我不大喜欢的一个女孩子写的：

“她的皮肤非常之白，但那白又很难让人接受，如果说像玉，那也是羊脂玉，如果像瓷，那就应该是古墓里刚出土的。又有些透明，隐隐看得见血管所映着的青色，又有些潮气，像是鱼的肚子。她所在的地方，立刻会有一种阴冷气息，逼得人放慢了说话的速度。”

写这小说的时候我一个人住在广播站里，房子非常大，特别到了晚上，整幢楼也只有我一个人，楼前楼后都是大花园，环境非常宜人。广播站里有许多录放设备，所以那里逐渐就成了外语系、中文系、音乐系全体女生的客厅，我给她们录制磁带——例如英语专业全部的听力磁带、全部的《音乐天堂》、健身操伴奏带，而且通常一式几份；陪她们说话，而她们则给我分享她们从家里带来的零食、漫画书、言情小说，后来干脆把我当作她们的闺中密友，什么也讲给我听，例如在家里怎么争一点零花钱，和兄弟姐妹斗智，和爹妈使小性子又要留点后路，在宿舍里怎样斗智，怎么样含蓄地嘲笑别人的服装和装扮，怎样生了气隔两天再寻个由头发作，晚上女生卧谈会内容，如何谈论男人，系花不可告人的生活习惯——例如不洗袜子。

她们还把男老师和男生写给她们的情书给我看，并告诉我她们夜里通常轮流念各自收到的情书，并一一加以评点，还选出了最受欢迎的称谓：亲爱的姑娘。就这样，全校的男老师和男生在我这里都成了透明的，什么秘密也没有了。我一边叹为观止，一边听得津津有味。

下面这些段落写的还是女主，细节就是受了她们的启发：

> “她有着那种从大家庭长大的女子的一切智慧，练就一身的耳听六路、眼观八方。坐在屋子里捧着新买的一点零食吃，还得时时分辨着门口的脚步声。如果是表姐妹，她就把罐子极快地扔进柜子里去。长久地做间谍使得她懂得如何反间谍。有一次她正往表姐的屋子去，大老远地就听到‘磕碰’一声，是把柜子门关上了，进了屋她就用力嗅几下，并连连问是什么东西这么香，眼角瞟着表姐一脸的不自在。她虽然学的是外语，但却未必真有兴趣，她的兴趣全在于人，她懂得的也就是人。不过，对他，她却有点拿不准，他跟她知道的人都有些不一样，这点让她觉着兴奋，也未尝不觉着危险。”

然后解释这个男人怎么喜欢上了她，并终于娶她为妻，这里有我对家庭的表面的观感，我通常拿出来示人的，也就是这些部分：

“那是个春天的星期天，春天如果是一首词，春天的星期天就是声声慢，对于独身的人，那有一种奇异的旷远。”

“她第一次请他上她家去，理由是请他去包饺子。那是春天，她的母亲在厨房的地下铺了一张旧报纸，坐在那里择韭菜，青青的、细长的菜叶子在她母亲的手里簌簌摆动，满屋子里都是新鲜韭菜那清脆的、令人愉快的香，黄昏的落日把窗格子明亮地映到地上，有一半窗子直接爬到她母亲的身上去，顺着衣服褶子起起伏伏，像一只温顺的黄毛狗。她母亲在那里细碎地说着话，新鲜的韭菜，第一茬，从前她小时候在农村，如何铲韭菜，放几撮到汤面里，都抵得上香菜……又说到她的女儿——她母亲像是个全然没有心计的人，她直埋怨说这么大的姑娘了，笨手笨脚的，哪像她年轻时候，画出来的花样满村子传。这么大了，什么都不会，也什么都不做，你是她同学，她在学校里是不是也这样。他笑了一下，没有回答，抬头往她那里一看，她正像是杀人碎尸似的把一根葱往扁里砸，手里举着菜刀，像是捏着一把蒲扇，俩人的目光相遇，她皱着鼻子作个鬼脸，耳朵边却听着她母亲说你说是不是是不是？他忙着答是是。后来，水开了，冒着气，她母亲用一只竹编的箩盛着饺子，把它们下到锅里去，然后又倒扣着箩，磕了磕箩底，水汽直升到她脸上，她微微地眯起了眼睛。他是个孤儿，对于这种家庭气氛分外敏感，也分外留恋。他是连着她们全家一块儿来爱的，不过，后来他发现她们家和世上的一切家庭都没什么两样。”

“她的个性里有一点属于狡猾的东西，而且她也并不怕让他发现。而每次他因此而不愉快了，她就慌忙地收敛起来，因为她也知道这样对不住他的踏实。不过，这收敛里多少有些讨好和刻意，像是两个人并排走路，走得快的那一个时时控制着步速似的。这一点她也能意识到，但对于她，那早成了习惯，而他因为她的能够意识到，就更加感觉不快。”

后来他们结婚了。这中间我还写了许多字，关于他和她怎么互相和平演变，终于一个鼻孔出气，这就不敲上来了。但是基于我对婚姻生活的认识，“一地鸡毛”那是肯定的事。

终于，男主人公到了医院，他老婆醒着，对他有点埋怨，随后就提起他的一个尚未婚配的师兄来，要把她的同学介绍给这位师兄，然而，他对他的师兄有种艺术化的倾慕，总觉得他不是“婚姻”与“生活”范围里的人，而且，因着她，他对她那同学也有种连带着的龃龉，类似于屋子里住着人，捂了一夜没有开窗户后的气味那样的龃龉，所以没有接她的话茬。这个时候，他看到了他老婆床边的氧气瓶：

“那氧气瓶的身子是瓦蓝的，在两头接口的地方又有些掉漆，露着一块块铁红的锈，像是已经用了许多年，这和他想象中锃亮、精致、不容置疑的医疗器械根本不是一回事。他忽然起了一种不安的感觉，生怕那里面因医生的一时疏忽，错装了什么有毒的气体——在这个不可理喻的世界上，什么是真，什么是假，什么是不可发生的？”

随后，他离开医院，去学校上课，路上看到一个女人——这一类的插曲是我最得心应手的，看起来是为了环境真实的需要，但实际上是因为我的练习本里有许多这样的段落，实在需要找地方尽量用掉：

“那女子将脸涂得粉白，眉与眼圈反倒画得焦黑，眼睛也是白多黑少，一张嘴红得泥扑扑的，像是文件落款处盖的红章，表明这张脸是通行实用、合乎规范的。”

在课堂上，他和以前每年一样，讲到某个地方，就有个固定的笑话讲给学生听，而学生们是一定会笑的，这次，他又按部就班地讲了出来，他有点疑心学生们不笑，稍微等了一下，然而，学生们果然笑了。在那里，他想起来他从前的老师：

“他想起他从前的老师来，画山水的时候，总是喝一点酒，趁着微醉，恣意挥洒，画上需要一个圆月亮，他就用厚纸剪一个圆贴上去，然后尽情渲染，画成了，再把纸片揭了，云遮雾掩的天空上，豁然出现一轮明月来。

“他的老师是一个有着名士作风的人，老婆孩子全留在乡下，而他就独自住在文化馆的画室里。他时常穿着一件青灰的中式对襟大褂，给烟熏得焦黄的手指上，套着一个铜扳指。而名士所需要的一切，如适度的颓废，以及人们对名士的颓唐的原谅，他也一一齐备，就是他那作着愚蠢牺牲的妻，也有一种凄美和苍凉。

“然而他对他的老师总有一种不太确定的怀疑，他的老师如此符合人们对画家的想象，而他的老师也就按着这想象，兢兢业业地存在着，简直没有幕间休息的时候。凡事太合乎情理了，就好像是一个没有指纹、脚印、遗留物的杀人现场，也要教人怀疑。所以，有一次，他到老师住的文化馆大院去，看到院子中间有一个女人，坐在地上，脚蹬脚地号啕大哭，他竟隐隐地希望那女人是他老师的妻，然而不是。”

七天过去了，某天，刚一下课，他被告知他老婆生了，他赶到医院去，他的老婆一时不能见人，他等在外边，买了一个面包吃：

“面包是松软的，像金黄色的萨克斯吹出的小曲子，里面浅浅一层紫红色枣泥，是乐队休息时垂下的幕，里面隐隐地有调弦子的声音，反倒教人不瞌睡了。大家纷纷议论着，说下一幕就要唱到谋杀亲夫了，她在他的牛奶里下了砒霜。砒霜？说不准这面包里就有，面包店里的学徒工失了恋，又因为恋爱妨碍了工作，老板扣了他工资，他就迁怒于世上的一切人了。这事又不是没发生过！他迟疑地捏着这面包，松软、金黄，像是夏末秋初午睡后的下午，……戏里头的荡妇在嘲笑她的情夫没有她勇决呢！——他还是把面包送到嘴里去，咬了一口，开初像咬到纸，一会儿也就觉出香甜了。凡事想得太多，太离奇是不行的，毕竟是活在人世上。”

最后，他见到她老婆，他们一时没什么话说，她就又提起他师兄来，这次，他觉得非常恼怒，甚至有种孩子被冤枉时候的委屈，他依然没有接她的话，而通常他不接她的话的时候，她就会说 ：“你就知道跟我装哑巴！跟别人话就多得很！”他等着这句话，但是这次她没说，所以他好像踩空了一阶楼梯。

不过，停了一停，她还是说了 ：“你就知道装哑巴！”他的不安感顿时都消失了，眼前的一切似乎突然变得格外明晰，走道里的声音、窗户外边的嘈杂，一下子都来了，他突然格外地觉出自己的身体，这身体无比沉重庞大，把那些嘈杂的声音都吸附了进来。他觉得自己站起来都困难，所以努力站起来了，然后，又坐了下去。

心是孤独的猎人

这是真的。

她第一次打电话来，是在四月末，夜里十一点，她打来了电话。她说，她想和他聊一会儿。他说好啊，聊什么呢？她为他没有表现出应有的惊讶与不安而感到失望，她说，可是你不认识我啊，或者，你是把我当作你认识的人了？他说他知道这种电话，这种方式，再说，他已经不会对什么感到奇怪了。

她告诉他，她觉得非常孤独，非常非常孤独。

她经常打这种电话，所有的号码都出于她的凭空臆造，她的手指跟随她的思想随心所欲地编造号码和拨打电话，有些，是空号，有些，有人接听，如果是女人，老人，孩子接听电话，她就会说打错了电话，然后挂断，她只和男人聊天，年轻男人。

她让他知道，她从前是学绘画的，现在是跳舞女郎。她强调说，是真正的舞者，而不是舞女，舞者和舞女是有严肃区别的。她是一支舞蹈队的领队，他们四处表演。此时，他们刚演出回来，住在宾馆，别的人，在打牌，喝酒。她停下话语，随后问他是不是听得见吵闹声。

她说，她能想象她打出的每个电话，像一股焦急的、迅速推进的黑色液体，在许多交错的、几乎难以分辨的管子中蔓延，而接听她电话的人，像是懵懂无知的孩童，毫无准备地接收她突如其来的侵袭。她就是这样和他们取得了联系，就是这样使孤独成为一种可以出击、具有侵略性，而不只是被动的、哀愁的东西。那些她试图触动的人，往往猝不及防；"喂，喂……""你是谁，我不认识你""说话呀，说话呀""你到底找谁？"

她说，她的方式，象埃克苏贝里，这个男人，醉心于驾驶飞机从黑夜的沙漠上空飞过，并俯视地上的灯火："那些灯火，那些召唤。"

他问她是否因此而惹上过麻烦，她说从来没有过。

她告诉他，她都用电话做过些什么。

有一天夜里，她忽然疯了。她激情澎湃，灵感蜂拥而至，她打电话给一个非常大的酒店，她打了差不多三十个房间的电话，用一口略微带点南方口音的普通话。她问他们，你们寂寞吗？她知道这样会被人当作妓女，但她乐此不疲。有人骂她是神经病，有人说才不要呢，怕得病！也有人回应，要她赶快来，有人马上就问她愿意接受什么样的方式，并且和她讨价还价，有人问她怎么走上这条路的，是不是吸毒，有人劝她不要再做这一行了，找个老实男人嫁掉。

这一次，她想象自己的电话像个彩色的鬼影，行动极其迅速，在楼上楼下，在走廊里，在房间与房间之间窜动，带着录音带快速转动时的那种滑爽的声音。带着这种想象，她觉得自己像是伴随着华尔兹音乐打电话，逐渐心醉神迷。

她也打电话给对面楼上住着的人。是的，二十米之外的，对面楼上的人们。她每天都如痴如醉地观看着他们的沉闷得像毒药一样的生活。有个女人，一个中年女人，整整两年时间，每天晚上，总是坐在沙发的最左边，边看电视边打毛衣，整整两年时间，从来不曾改变位置，她的身边，从来不曾出现另一个人，沙发的右半边，是空的。整整两年时间，她打掉的毛线也许能绕赤道十圈。

她还看得见他们每天都吃些什么。看见妻子切西红柿，丈夫和面。看见女人下班脱下长筒丝袜。某件衣服头一天穿在某人身上，改天就挂在阳台上晾晒。

还有一天，有家人在打架。第二天，那个男人脸上贴上了胶布。他肯定只能对同事说，他刮胡子的时候不小心。

还有五个男孩子，合租一套房子，夏天，他们总是光着身子在屋子里走动，其中有一个极其英俊。她查到了那套房子的电话，她打电话给他们。她看见接电话的男孩子兴奋不已，捂住电话要别的男孩子赶快来听，他们挤成一堆，挤眉弄眼，当接电话的男孩子不知道该说什么的时候，她看见别的男孩子在小声地给他提示。

她从来没有遇到《后窗》《碎片》《残酷的视野》里说的那些事。生活已经够像毒药了，不需要谋杀。

她打电话给电话簿上和她同名同姓的人，装作怒气冲冲的样子，大声地说，你的名字怎么能和我一样呢？赶快改掉！在电话簿上，有七个和她名字一样的人，她给他们都打了电话，要他们改名字。他们也许永远不知道自己得罪了何方神圣。

她偶然也跟女人说话，然后，她听得出来，那个女人立刻认为她是她丈夫的情妇，并且破口大骂。她也扮作泼妇的样子，和对方对骂，后来她不得不挂断电话，因为她越来越不能控制自己的大笑。

有一次，她打电话给一个有本地口音的男人，然后，在对方问她是谁之后，拙劣地模仿恐怖片中那种阴沉的声音说，她就站在他的窗外，然后，开始冷笑。在对方恼羞成怒破口大骂之前，她果断地挂断电话。

有的时候，她会遇到无人接听的录音电话。她就把自己会唱的歌一首接一首唱下去。她曾经给一个电话唱过《梅娘曲》，她说，那是她唱得最好的一次。

她说，她爱他们每一个人。是那种带着色情意味的爱。对此，她从不否认。

事实上，她爱的是所有的男人，但她注定只能遇到某一个男人。

但是，总而言之，你不能否认，这是一种极其强烈的爱。

她问他，他是什么样子的？身高，年龄，体重，头发的样子。还有，她经常要他描述他身上当时所穿的衣服。他告诉了她。他说，他不明白，她为什么要知道他头发的样子。

因为她只喜欢一种头发，她喜欢男子留着很短的寸发，或者是平头。当然，她也喜欢光头的男子。不过，并不是所有的人都适合这样装扮。

那么，他是什么样的呢？他没有提到他的头发，他说，他很高，很结实，他穿的是棕色的条绒裤子，很细的条绒，白色的T恤衫，暗红色的细格子衬衣。她听得非常仔细，她说，这至关重要，她不想遗漏任何一点。由他穿的衣服，她能想得到他是怎样的。

她问他喜欢别人怎样装扮呢。

他的回答出人意料。他说，他喜欢别人穿黑色的橡胶或者塑料的衣服，戴上防毒面具。

她被他的回答所震惊。这没什么，但是，为什么呢。

他沉默了很长时间，她马上知道他一定有从不曾吐露的事情要讲给她，她于是也沉默着，等着他开口。

他说，他很小的时候，家里很穷。他告诉她，他们怎样贫穷。每到他念的那所小学又要带领孩子们去活动，例如，郊游，参观博物馆，逛公园的的时候，他家必然要爆发争吵。有一年的春天，这样的活动又来了。只是，这一次，孩子们有两个选择。

去果园春游的，要交钱，去军事基地参观的，不要钱。

毫无疑问，他只有去军事基地参观。

那个基地从来不曾出现在地图上、新闻里，但是，当地的人，没有人不知道那里。有一年春天，那里发出了极其沉闷，但却极其可怖的爆炸声，天空中出现了一块鲜红的颜色，然后，这块鲜红在扩散，后来，整个天空都成了红色。如果这种爆炸是发生在秋天，那么，人们就要告诫自己的孩子，不能吃本地果园里的水果，再好吃也不行。绝对不能吃。

就在那里，那个极其遥远，极其荒凉的基地。实际上，他们到达的地方，距离那个爆炸发生的地方，还有很远，但是，就连那里，他们也走了整整一天才到达。黄昏的时候，他们到了沙漠深处的那个基地。孩子们被集中起来，在一个教室里听军官讲军事知识，他们还看到了真的枪。那些军人，非常黑，但是他们还在冲着孩子们笑，露出洁白的牙齿。

后来，孩子们又被集中起来去看模型，他没有去。他走了出去，开始，他看见的是安静的营房，非常安静，像是没有人存在，后来，营房也没有了，出现了训练场，黑铁的单杠、双杠，但是同样没有人。他非常害怕，他知道自己走得越远，就越难找到原来的位置，受到的责骂就越多，但是他知道自己不得不走下去，这种力量让他反感，但是他听从了它。后来，在训练场的边缘，他停下了，因为前面就是铁丝网，再也没有路可以走。

就在那里，堆积着一些黑色的汽油桶，有的横放，有的竖放，在汽油桶中间，长满了死掉的向日葵，黑色，枯瘦，干瘪，像某种生物的尸骸。黑色的污油在汽油桶周围流成各种形状，还有油不断地从桶盖的缝隙里渗漏出来，一秒钟滴出一滴。

黑色橡胶和防毒面具的形象就在那里出现。

那里有人。那是一个异常健壮的男人，不知道为什么，要在那里穿上他的黑色橡胶的衣服。开始，他几乎是赤身裸体，只穿着一条灰绿色的短裤，在那里整理脚下的那一堆黑色橡胶制品，后来，他开始穿上它。他先套上黑色橡胶的裤子，然后从那件连体的衣服的上半部分钻了进去。这个时候，他还能看见那个男人的脸，他的脸黝黑，但非常有光泽，但是没多久，他就让自己的脸消失在了一个黑色的防毒面具后面。伴随着这张脸的消失，他整个人都消失了，消失在那件没有光泽、厚重、笨拙的衣服后面。

那个男人一定是在一开始就看到了他，但是他根本就把这个孩子当作不存在。当然，更可疑的是，他也许是要向这个孩子展示他是如何雄健，如何控制自如。他自始至终没有看这个孩子一眼，直到他把自己隐藏在防毒面具里之后。他一动不动，显然是在面具后

[兰州，心之归属]

2001 年，敦煌去玉门的路上，一个小小的芦苇荡，我伸手拨开芦苇。

如果有人问我，生命中最值得提起的年份有哪些，2000 年后的几年必然在其中。那几年，生活骤然开阔，万般喜乐，纷至沓来。

2001 年 9 月，青海日月山。

山上开满这种蓝色的小花，当地的朋友说，那就是格桑花，后来我才知道，藏区的人，把很多美丽的花都称为格桑花。

多年后，我在一本植物书上，查到了这种小花的名字：华丽龙胆。

我的母校在兰州的郊区，学校附近有成千上万亩果园。

那些年，我们每天晚上，都三五成群地，穿过这些果园，走到河边的沙滩上，看看对岸的灯火，或者在荒草滩上放把火。

离开学校两年后，我一个人回到果园里，拍下了许多照片，这是其中一张。当时想的是，这些景象，迟早会没有的吧，总得留下点什么。

的确。没过多久，房地产大潮来了，那边建起了小区。

我常常梦见那里，河边幽暗的林子，疏淡的灯火，从那些小屋子里溢出来的梦话。

兰州附近，家乡小城外，一个小小的湖泊。

直到中学毕业，即将离开小城，我们才发现了那里。穿过一片小树林，一个陨石坑一样的湖泊藏在那里，小湖周围长满青草、野花和树木，还藏着一间看林人的屋子。秋天，树叶金黄，红果满枝，天空碧蓝，湖水倒映着这一切，似乎那就是它的职责。晚上，野鸟在树林间咕哝着，新月从山背后坠下去了，草地上的野花，有种药香。我们坐在湖岸上，安静无语，身体微凉。

每一群少年，都有这样一个秘密花园吧，可以是一个防空洞，一个废弃的厂房，可以是一座小山，也可以是被林木环绕的湖泊。

三五个人，守着这个秘密花园，知道它很容易消失，却又束手无策。所有的秘密花园，都有一种扣人心弦的脆弱。

面打量这个孩子。

这个孩子，他，被迎面而来的、巨大的恐惧窒息了，这种恐惧巨大到不像是恐惧，而像是另外一种相反的东西，一种喜乐，一种快悦。就在这快悦达到顶点的时候，那个“防毒面具人”（此后多年他一直这样称呼那个人），站了起来，开始笨拙地行走，并最终消失在黑色的枯萎的向日葵后面。干枯的向日葵因此发出了燥烈的摩擦声，非常令人不快，很久之后，那声音才消失。

事实上，他一直认为，自己目睹的是一个人的消失过程。那个人，因为消失，似乎反而变得更强大了，变得更有力，更不为外界所侵扰。他对这个过程无比迷恋。

讲述这件事耗尽了他和她的全部力量和激情，他们都筋疲力尽，不知道该怎么结束今天的谈话，很久之后，她说，和他说话真是好。然后他听到她轻轻地挂断了电话。是的，筋疲力尽，再没有比这更合适的词语，他始终在调动她，而她也一直被他所调动。事实上，她比他消耗得更多，她还消耗了想象。

整整半个月，她没有再打电话给他，他知道，她必须要休息很长时间。她必须要忘却没有亲临这个场面的缺憾感。

有一天，她的电话又来了，好像什么也不曾发生过，而更奇怪的是，他也刚从讲述这件事的疲倦和不快之中摆脱出来，显然，他们内在的节律完全一致。

她说，她长得非常之美，她说，他难道不想见她吗？

他说不，感情一旦有了可以附着的形象，就会导致思念，那简直是一场灾难。

那她可以描述自己吗?

她为什么要征得他的同意呢?她尽管可以开始。

她没有说自己的身高,年龄,也没有说自己穿什么样的衣服,她只说,她有一双非常大的眼睛。实际上,从现实的角度来讲,她的眼睛只是普通人的大小,但是她总能给人以眼睛很大的错觉。因为,她的眼神非常强烈。

她说,在《狄仁杰断案》中,就描述过这样一双眼睛。那是一个患了心脏病、将不久于人世的女人,她有一双“渴望生活到了贪婪的地步的眼睛”。

她就有这样一双眼睛。

他说,他喜欢她的描述,他立刻就知道了,她是什么样的。她于是接着进行描述,她讲给她,他们经常排练舞蹈的地方是什么样子的。她说,那里非常宽敞,有木头的地板,打磨得非常光滑,那种木头,是浅棕色的。那种地板,最适合下午的阳光,适合那种从窗外斜斜照进来的阳光,那种光线照到地上,有一种非常懒惰的反光。那里的沙发,是布面的,有棕色和黄色的菊花图案,那图案异常繁复,每一朵花都枝蔓丛生,要很多枝与叶中间,才有一朵花,许多许多花,汇成一片棕黄色,那些花,就死在沙发上,死在棕黄的颜色里,死了,永不枯萎。他们这些舞者的生涯,也是如此。

她喜欢那里没有人的时刻,她经常盼望所有的人都尽快结束排练,离开这里,有的时候,她的盼望如此强烈,以至于当人们换衣服准备离开的时候,她总是兴奋异常,热心地为他们递衣服,找鞋子,拉拉链。她希望他们赶快离开,回到他们永远没有变化的生活中去。

（她坐在空无一人的排练厅里的，看着地板上他们换下的一双帆布鞋子放在阳光映照的地方，塌陷着，没有生气，脚跟的位置，有汗湿的痕迹，这令她感到不快，她把那鞋子用脚拨拉得远一点，到阳光所不能及的地方。但是，她总觉得那鞋原来所在的位置有个不洁的黑影。

（她不会爱上身边的人，她的爱，即使是这怀有色情意味的爱，她也不准备投向他们。

（她坐在那里，手指跟随着沙发布上菊花的纹路，手指越走越远，她最后是扑倒在她的手臂上。

（她希望全世界现在只有这个排练厅这么大。排练厅，空无一人的排练厅就是全世界。此外无它。）

他说，他喜欢她描述物体时候的感觉，女人，向来如此，女人都是恋物狂。

对这样的论断，她没有表示反感，她只是问，他曾经了解女人吗？他有女朋友吗？他有过，他说，她非常丑陋。丑陋？她重复这个词，说一个女人，只能说她丑，那也许是客观的事实，但是不能说一个女人丑陋，陋，是一种恶意的判断。世界上没有丑陋的女人。他显然对女人一无所知。

四月过去，然后是五月，六月。她总是打电话来，却不让他知道她的号码，但她又暗示他，只要他愿意，是可以查出来的，甚至，她也可以告诉他，只要他愿意。

有一天，她问他，他经常听什么样的音乐，他告诉她一支乐队，叫做“尼克·凯夫和坏种”，那么她呢？她说，她要好好想想。第二天，她打电话给他，她说，她是特意来告诉他，她知道她喜欢什么了，她喜欢 Leonard Cohen。

他们的交流毫无障碍，就是有障碍，也在她极力排除的范围之内，他们毫无障碍，以至于有一天，她毫无保留地说出她在十六岁那年初次感受到的暴力和痛苦。她说她记住了一些毫无意义的细节，那时，透过那个人的肩膀，她看见北极星非常非常明亮，炯炯地，严重地照临，一座寺庙，像一炬幽暗的火焰，在大地上投下沉默的暗影。

然后是八月，九月，九月底。

九月底，有一天，她向他坦白，他们其实在很久之前就认识，在春天她给他打电话之前就认识，他的号码，并非是她偶然撞上，而是在这之前，在某处的留言板上看到的，那时，他在征友，并且留下电话号码，她给他打了电话，他非常漠然。时隔很久之后，她确定他已忘记了她，忘记了她的声音，她的特征，她才以另外的面貌出现，再次打来电话，她在电话里告诉和表现给他的，有关她的生活，她的职业，她的性格，都是她精心虚构的，是由她创造的。但是，她的感情，是真的。

她忽然意识到这样说的严重性，她要消解这种严重性，她说，甚至还有一种可能，那就是他住在她视野所能及的范围之内，她每天带着怀有色情意味的爱注视着他，等到她确定了自己的感情，才设法打电话给他。

他决心让这谈话结束，他告诉她，他是什么样的人，以何种方式生活，为什么总是在深夜还能接听她的电话，他不可能见她，不可能爱她，不可能和她保持长久的友情，他之所以从不拒绝，只是因为他知道孤独的力量是何等强大。

她说她已经想到了，他是什么人，他比她还要孤独，这种孤独还很漫长，还很漫长，应该忍受，并且喜爱。

她说，她不会再给他打电话了。

但是他知道这还没有完，这不能算是个结局。他自己也隐隐怀有期待，期待她再次出现，让这充满着企求和宽恕、退让和赞许的对话继续下去。这种谈话里有种痛苦的成分，她以为是她在倾诉，他容忍了她，但是不是，他以为他是主人，让她忐忑，但也不是，事实是，在孤独面前，没有谁曾经是胜利者。但是这谈话的迷人之处就在于，他们全都对此视而不见。

新年将近的时候，她又打来了电话，好像从前什么也没有发生过，她说，她想见他，他也许也想见她？她这样认为。

时间，新旧年交替的零点，也是新旧两个世纪交替的时刻。地点，这个城市最大的那个广场东边，过街天桥下面，她会穿一件黑色的风衣，手里拿着一支点燃的焰火，她会买很多很多支焰火，一支一支把它们点燃，直到他出现。

她没有问他穿什么衣服，她说，她能够认得出来他。

那个时间就在三天后，三天后，二〇〇〇年十二月三十一日。他去了。

他很早就去了，广场上满是狂欢的人们，孩子，老人，男人，女人都有，他们给自己的理由是：在这里庆祝新旧世纪的交替。他们，素不相识的人们，在广场上丢手绢，老鹰捉小鸡，对歌，放烟花，他们努力地不让这个夜晚结束。

有一群男孩子和女孩子在对歌，他们的规则是，男孩子和女孩子分开站，站成两个面对面的横排，一队唱出一首歌，并且可以在任何地方结束，而另外一队就要用结束的那个字作为另外一首歌的开始，把歌声继续下去，如果没能继续，就要退后一步，而另外一方前进一步。就这样。他们手拉着手，大声唱歌，胜利的一方装作气势汹汹的样子，横冲直撞，直撞到失败的那一方队伍里去，被撞到的人，在躲闪，尖叫，大笑。

他站在那里看他们的游戏，他们立刻邀请他参加。他参加了吗？他参加了。后来他们厌倦了这个游戏，他们开始丢手绢。他也参加了。直到零时将近的时候。

十一点五十分，他站起身来，向他们告别，他到达天桥的时候，是十一点五十六分。他要见的人，或者说，要见他的人，已经在那里了，穿着黑色的风衣，拿着一支焰火，站在那里，脸庞沉浸在火光里，时明时暗。

他站在远处，等待零点到来。在这二百四十秒里，他都做了什么？他站立，呼吸，他一直在看着那个人，他感到了从来未曾感受到的、强大的孤独，还有一种毒素般的、忧伤的情绪凭空来临。甚至有一刹那，他的头脑忽然变得异样的清晰，他感觉到了冬天的、凛冽的空气怎样顺着他的鼻腔、咽喉直达肺部，他甚至感觉到了自己将这口空气暖热所用的时间。他知道自己要接受这个人，把他从陌生变为熟悉，就像暖热一口寒冷的空气，他知道这个过程是何等漫长。他也知道，在把他变为熟悉之后，新的孤独又将来临，在这之间，有极细极微的转换和差别，几乎不易觉察。透彻的绝望真是好。

就在那时，天空中出现了焰火，伴随着轻微的爆炸声、人们的欢呼声。红色的、紫色的、绿色的、金色的、白色的焰火逐一来临。红色的焰火照临了，在那红光里，他就像是个练丹炉旁边的修士，绿色的光线里，他又像是个面目狰狞的魔鬼，在焰火隐没，光和黑暗交替的片刻里，世界像是收缩了，焰火再度绽开的时候，世界又仿佛在膨胀，就这样，他像是在一个不断收缩和膨胀的子宫里，等待被生出来。

他点燃一支烟，深深吸了一口，向他走了过去。

这个故事是真的，所以我努力地将它处理得扑朔迷离，我，也许是他，也许是那个打电话的人，也许他们都是我，这都有可能。所以我将自己隐藏，并使之显得扑朔迷离，像人心的叵测和人性的诡异惊心。的确，要打开心扉，说出心中秘密，谈何容易。

兰州，最后一曲蓝调

要在歌声里开始，没有伴奏的、整齐的歌声，听起来，像是七八个人的合唱，那种军人的唱法。伴随着歌声出现的，是群山的黑影，以及群山上面灿烂的、占满整个天空的曙光。然后，一个背影猛然出现，这个背影几乎占据整个画面，停留片刻之后，他以一种缓慢的速度向前移动，我们想，呵，他要离开了，这画面要终止了，我们无法从他占据画面所带来的充实感中自拔，我们几乎以为，他属于这画面，也就属于我们。

这时，别的男子出现，他们显然是一个整体，即使是向着山冈上的攀爬也没有改变这整齐，他们像是一个人，纤细，茁壮，生气勃勃，游离于我们现有的生活之外。他们继续向前移动，渐渐地，一个接一个地，消失在群山的黑影之中，画面还原给曙光和群山，画面外，有歌声的余响。

然后，是黑暗。

那是一种怀有某种期待的黑暗，它适度，令人惬意，像是来自我们生活之中，它迎合了我们的懒惰，瞧，什么都没有。随后，黑色的画面上开始出现红色的小字，零乱，模糊，我们把身子向前倾，试图辨识那些字，但随即我们就会明白，那是徒劳的，那些字，出现在此时此地，并非是为了让我们辨明的。

在小字出现的同时，请你用想象为它加上一支曲子，法国人克劳德·高登的《玩笑》。这支曲子的长度是一分二十四秒。

黑色的画面和红色小字在音乐出现三十秒后消失，代之以从高处看到的，拥挤的、快速行走的人群，他们的动作滑稽不堪，但这种滑稽并非他们造成，他们浑然不知，是外来的力量扭曲了他们的举止。画面的节奏和音乐的节奏相合。

人群熙熙攘攘，没有嘈杂声，却令我们觉得嘈杂。一种想要继续生活的、晶莹剔透的感情划过我们的心胸。

这是兰州。

你看到安宁区的林荫道，落日又大又红；

幽暗的绿色公园里，黑色的树干和碧绿的草地前面，有一把黑色的长椅，刚下过雨，椅子上面沾着被雨水打湿的、黄绿色的叶子；

一个孩子在广场的方砖地上学习走路；

早晨的广场西口，主席台前，骑自行车上班的人流，这在任何一个城市的场景中都可以看到，在这里，也要有；

人们蹲在牛肉面馆前，端着碗，吃面，他们非常熟练；

七月十五，晚上七点，玉佛寺的僧侣和施善的人们在黄河岸边放河灯，河灯在黑色的河流上越走越远，他们站起身，习惯性地拍拍膝盖；

杨家园，红砖的小巷子里，一个壮实的男子在行走，他总在回头，好象害怕身后有人跟随，他不安；

中午的菜市场，没有人买菜，河南人的孩子睡在布伞下的板车里；

省军区附近的街道，一队士兵排着队，从街上走过，他们的背影，他们的脖颈里短短的黑发；

绿色公园里，一把黑色的长椅，长椅的一端，有人坐着，他紧靠着椅背；

他的脚，他放在扶手上的手，他的下巴。

人头攒动的场面再次来到，从平行于他们脸庞的位置看过去，觉得有点苍茫。

这是兰州。

如果我要拍一部有关兰州的电影，我就要这样开始。在这里，我也要这样开始，尽管它看起来和我的叙述没有关系，我还是要它。我要你带着这些图景，走进我的叙述。这有点像催眠。写作就是催眠。

我要你想象，所有下面的话语，都是由我讲出，而不是由你看到，因为，这些话语，字字是真，甚至，连写作意义上的假话，也不存在。所以，你要想象，它是我讲出来的。

我的声音：温厚，爽朗，有点抑郁，其实也不是抑郁，只是克制，一种为了适应“回忆”这种基调而出现的克制。

你也万万不可当真。我说出的兰州，不存在于地理上，它是我一个人的兰州。我说出的颜峻，也不存在于真实之中，兰州和颜峻经常混为一谈。

对我来说，兰州，就是他的名字，最初的名字。

我总是反反复复地描绘人群的图景，那是因为，最起初，颜峻，对于我，只是人群中的一个人。如果把回忆的画面依次定格，并且仔细搜寻，也许会发现，我和他，曾经无数次处于同一个画面之中，同一辆公共汽车、同一条黯淡的街巷，也许，某个杂货铺老板找给我的零钱，就是从他手中流出。

不过，有一天，他从人群中走出来。

一九九五年，他来了。

那时候，我住在这个城市最西的一个区，我们的学校在这个区最西边的边缘地带。那是一九九五年，和在那里度过的前三年时间一样，我们散漫、慵懒。是啊，通往最近的车站的路，需要我们步行三十分钟，而走到长满芦苇的旷野、果园、菜地里，只需要十分钟。

我们选择了旷野。我们成天在旷野里游走，带着被风吹得冰凉的手疲倦地走回来，连挂在衣角的苍耳也来不及摘掉，躺在床上，等着黄昏漫上来。日复一日，我们坐在窗前的木桌子旁边，看着窗外的大河，勇敢而绝望。

那条大河，就从我们窗子外面流过，带着从上游挟裹而来的芦苇根、动物和人的尸体、污浊的黑油从我们窗外流过。

就在那里，一九九五年的秋天，有人对我们说，兰州有了一家新的电台，那家电台，有个绝对值得一听的音乐节目，由一个叫颜峻的人主持。绝对值得，他非常肯定。

我等在夜里，等在收音机前，想要听这个节目，却没能听到。不过，在那之后，没有多久，我见到了他。

我没有一张颜峻的照片，从来没有，他的照片，我都是在书上、杂志上、报纸上看到。所以，一旦要我追述他的相貌，我就立刻手足无措。我所描述的他，不会比一个只在杂志上见过他一次的人所描绘的更像他本人，所以，如果要我说出，我第一次见到的他是什么样，我只能说，在一九九五年，他很瘦，头发并不很长，穿着深色的牛仔裤和 T 恤。是的，即使是寒冬腊月，我没有见他穿过比一件 T 恤和夹克更多的东西。

我见到了他，在一九九五年的冬天，在他兼职的电台里，我们去和一个女主持人谈合办节目的事。约定的时间过去了一个小时，两个小时，我们等在那里，坐在长椅上，等她出现。就在那个时候，颜峻出来了，从他们的会议室出来，来打一个电话，我们当中有人说，那就是颜峻。

颜峻走到桌子前，打电话，我坐在桌子旁边，慢慢地缩回我伸得太长的腿，我们鸦雀无声，等着这个传说中的人物打完电话。

他很瘦，脸型狭长，和后来人们所见的那些照片全不一样。他眼睛细长，像个蒙古人，莫迪里安尼也许乐意为他画像。

时间如同流水一样过去，我从没有想过能和他有怎样的交会。一九九六年，一月，三月，六月，七月。七月，我得到第一份工作，是养路工。这份工作的效果立杆见影，我忽然没有了朋友。

那以后我曾经无数次从我当初工作的地方经过。隔着车窗，安静地向外观望。而在一九九六年的秋天，冬天，在那里经过，并且看到我的，会是谁呢？

如果是运沙子或者石头，每天是十二拖拉机。如果是边沟，每天一百二十米。如果是油漆树干，每天是三公里。“就算上过学，还不是要下苦干活”成了这里最常听到的话。

我不再说话。休息的时候，我和他们一起观看村子里的痴呆傻人。一个村子，有那么多的傻人，他们说，那是因为，那里的水质不好，也是因为，成年的男人没有合适的对象，只好把目光投向自己的近亲。一个村子，邮票大的地方，人们生了又死，死了又生。只有那些年年来到的痴呆傻人，形状各异，调剂着这里的生活。有个终年不穿衣服的女人，还有个耷拉着舌头、挺着大肚子在街上疾走的男人，还有个女人，总是在头发上扎满各种彩色的绳子和纸条。给他们一块糖，就足以让他们胡言乱语，载歌载舞，一块糖，就足以打发休息的时光。

就在那时，我重新开始写作。

我不再说话，我决心让我写下的文字被人看到。不再像以前多少年来一样，只是写好，收起。我决心让我写下的，被人看到。

一九九六年的《兰州晚报》，是兰州唯一的一家小报，周一到周日，天天不断。我们对这个城市的了解，大都来源于此。

在一九九六年，那是我唯一能看到的报纸。

我写信给在《兰州晚报》工作的颜峻。因为在他的版面上，充满了激越的、灵动的、新鲜的文字。我想，他能够欣赏那些文字，也许就能够欣赏我。我写了信给他，告诉他，我喜欢写作，我也喜欢他写下的那些文字。我寄去了我写的文章。事隔多年，隔着这么多的人与事，许多事已不复记忆，我却记得那篇文章，它的题目，它发表时的版面，位置，和我为它选配的图片。那篇文章，叫《阿克塞尔·彼得森的木雕》，刊在一九九七年三月五日的《兰州晚报》上，第七版，右上角。

颜峻给我回了信，大大的字，写在《兰州晚报》社的绿色格子稿纸上，他说："我们都是被命运驱赶……"。他说，这是《一千零一夜》里面的话。他写给我的信，我是从废纸篓中找到的，我的同事拆看了我的信，看完之后丢进垃圾桶，被我发现，还振振有词："看看你们这些刚走上社会的娃都干些啥，不要让人骗下。"

我的文章定期出现在《兰州晚报》的第七版上。《萧红》《东山魁夷》《塞林格的〈九故事〉》《忘不了的书》《史蒂文斯》《火柴照亮的天堂》《焰火》《遥想〈武林旧事〉》《拾遗记》《怀斯三代》。

我很珍爱这些文章，在很久之后也忘不了，它们让我忘记了自己，我仿佛已经能够和我所写的人们比肩而立，仿佛已经可以平和地谈及他们。我忘了自己，忘了十二车沙子，一百二十米边沟。而这一切，全都经过颜峻之手。

他总是给我回信，从不间断，他跟我说起那些我熟悉却不可能认识的人，说起别人对我文章的印象。每封信，剪开封口，看完，我都把它立在书架上，直到下一封信代替它的位置。

他的信，总是写在《兰州晚报》社 16 开的绿格子稿纸上，那种纸，微微有些发黄，可以看见纸质的纤维，那种绿，介于墨绿和草绿之间，他用蓝黑色的墨水，在绿色的格子上写字。他的字，圆硕，没有边角，每个字都像是随意画出来的，但却很好辨认，写着写着，那些字就离开了格子，像是要向着信纸的边缘倾倒而出。

我被这一切喜得昏了头。我给他写很长的信，语无伦次，颠三倒四，有的时候像孩子写给兄长，追讨一些放纵的权力，有的时候故作深沉，故意留一些思想的痕迹，但我没法嘲笑那时的我，人，在自己最想说的话面前，就是这样，颠三倒四，语无伦次。

很久之后，在他离开兰州之后，我去了《兰州晚报》社，在编辑的桌子上，我又看见了那种稿纸，微黄的纸质，绿色的格子。那些稿纸干净、成摞，等待被使用。原来这种稿纸不写字，是这个样子的。

他不断地用这种稿纸给我写信，我的文章不断出现在《兰州晚报》上，这些文章，之所以产生，都应归功于他。还有后来发表在《兰州晨报》《母语》《散文》《人民文学》上的那些我的文字，还有我替珍文书店写的那些册子，都应归功于他。这都是他全力促成。四年时间，八十万字，从小教我背唐诗的母亲应该满意。

我的母亲，那时正卧病在床，她少女时代的女朋友，从万里之外写来了信，寄来了钱。妈妈给她回了信，写好了，却没有寄出去，她在信里写，她收到了她寄来的钱，“你的情谊，想起来令我落泪”。

我喜欢这句话。

没什么。刚巧，我们都写作。

颜峻离开兰州之后，他要我把所有的稿了发给他，他找发表的地方。那个时候，我刚学习上网，那些稿子，我发了许多许多次，才终于发给他。我不知道，那些文章，用 WPS 编辑，通过网络发送，每一行，都会多一个乱码。

颜峻一行一行，把所有的乱码逐个消掉。

那是五十篇文章。

没什么，真的没什么，刚巧，我们都写作。

写作，没有改变我什么，只是，从那个时候开始，从我知道自己的存在是不需要理由的时候开始，我不再顺着墙根走路。

就在我为第七版写作的时候，我得到机会，离开了那个小城。我遇到了另一个了不起的人，这个人，我以后再写。

像一滴被弃置已久的水滴回到了江河，我投入了生活的洪流之中。开始是挨饿、居无定所。这种情形持续了四个月。

我没有去见颜峻，尽管我手中有他的电话号码，我没有去见他，因为，我甚至没有什么体面的衣服。有的时候，一件衣服大于一件衣服。

他离我如此近又如此遥远，他和朋友合开的那家“乌鸦音乐专门店”距离我工作的地方，只有五十米。

我时常从那家店门前经过，深色的玻璃窗后面，隐隐有些男子的身影，安静的店堂里，电视在播放演唱会的录影带。逐渐地，我记住了他们中间几个人的样貌，后来，我知道那是老眯、杨杨、周进，还有别的人。

有时，有人坐在宽大的窗台上面，弹着吉他唱歌，有人跟着唱，有的人是在笑着，有时，店门前聚集着许多拿着乐器的人，似乎要一起去做什么事情。

那条街是安静的，有31路车和33路车经过。

那是夏天，路边的槐树和椿树静静地伸着它们的叶子，直伸到路中间。

街上的人很少，他们穿着颜色浅淡的衣服。

我时常从那里经过，终于有一天夜里，在一场大雨之前，我见到了匆匆疾走的颜峻和老眯。我的血液立刻凝固，我迅速站到路边，看着他们走远。我的世界如此狭小，狭小到无法让我自己容身，让我总要躲躲闪闪。他不知道这些，他也从不问我为什么不给他打电话，他依然给我写信，给我回信。

“我是湖南人。我们老家那个地方产茶叶。”

“在北京，见到张楚，他是年轻的，但他却痛恨年轻。年轻是无用的。”

“我有了电话，49140，死就要死彻底，我喜欢。”

“晚报的编辑想要你再写一些关于美术方面的文章。”

“你可以给《晨报》写一些稿子。”

“那天夜里你看见的是我和老眯，我们是去交通台做一个节目。”

直到十月，我拿到了自己的薪水。我一点都没有计算，就直奔服装店，换掉了身上所有的衣服，并且决定，再也不跨进这家店一步，因为他们的眼神非常惊奇。我有了干净的衣服。我打电话给颜峻，我说，你有时间吗？我可以找你吗？电话的那边，他笑了，他说，你终于出现了。

我见到了他，一九九七年，十月十九号晚上八点，金城剧院里的双百酒吧门前。我见到了他。从黑暗中，他现身前来，他说，你等得久吗?

是啊，我等了好久。

颜峻，七三年生人。

小时候，是在兰州八里窑的部队大院长大，那个地方产煤和水泥，所以，即使是那里的青山绿水，也总是灰蒙蒙的，似乎总在等待一场大雨，一场飓风，或者别的什么来冲洗。

那里有点像巴西的里约。所有的地方，都盖了房子，小小的四合院，小小的灰楼，还有那种楼房，六层，八层，却只占着一间屋子那么大的地方，造出这样房子的人真是天才。屋子垒着屋子，一直蔓延到山上去，那里曲折深巷，有种别样的美。

荒地上，河边上，垃圾堆上，总生着葵花，在秋天，就开着金灿灿的葵花。到了晚上，家家都亮了昏黄的灯，木头窗子上映出朦胧的人影，再晚，灯就灭了，剩下梦话、咕哝、流言，还有那孩子们用炭画在墙上的，龇牙咧嘴的小人。

到了现在，那里还是那样子，杂货铺还是用木板当门，木板上，写着数字，一，二，三……十九，二十，那是一块也不能错的，错了，就装不上去。白天，木板就给卸了下来，堆在一处，门板旁边，是贴着红纸条的酱缸。

而部队的大院，又是另一番景象，道路宽敞，白杨树笔直，军官住在独立的小楼里。那是离人间最近的，不能自圆其说的天堂。

我生在两年后，地点是新疆南部的于田劳改农场。

我五岁，跟着小舅去割芦苇的路上，他给我看我出生的地方，他指着一片青草地，说，瞧，你就是在这里生下来的。那里除了青草，没有其他，在青草地的中间，有河水流过，青草的叶子浸在水里，不断飘动。我出生的屋子已经不存在了，已经成了废墟，已经归于尘土。在我的记忆里，那屋子也从来没有存在过，青草遮盖了一切，我是生在草地上。

那些草，是冰草，牛蒡，麻黄，怪柳，沙红柳，沙蓬，香柴胡，香青兰，水镜草，野息香，小叶朴，山杏，半边恋，沙茴香，雨久花，细叶茴香，黄花苦夏子，阿尔泰紫苑，黑枸杞，小黄花，石蒜兰，芦苇，白柳，茅香，马茄子，紫花地丁，水麦东，水杨梅，白草，龙葵，花苜蓿，蒲公英，野亚麻。

把这一切都写下需要一百个长篇，不，一百个长篇也不够，光是草香，就没有哪种语言能够形容，站在草香扑面的草地上的心情，也没有语言能够形容。即使在我们离开后，青草还是那样的长着，一年一年，到了冬天，就放野火。我的家，成了他们的家。

而有一天，我重回新疆，我所能够携带的，只有我的一百个长篇。

而它们甚至不能形容一种青草的香味。

在八里窑，颜峻念过小学。他说，他记得常常到河边去玩，班上，还有个弱智的同学。

我在策勒念小学。那些年，是我们的黄金时代，妈妈经常在家招待她的朋友们，家里欢声笑语，我常常被拉出来做背唐诗表演。后来的我，延续了母亲的习惯，我喜欢家里人满为患，大家不断谈话，大笑，吃掉一只又一只水果。我扮演了她，延续了她，只是，再也没有人要我背唐诗了。

颜峻进入中学。师大附中。那个学校，在这个城市最美的一区，安宁。

我们离开了策勒，卡车载着我们，穿过了皮山，喀什，叶城，直到乌鲁木齐。我们总在出发，在清晨天光未明的时候，卡车将人影映照在旅馆的墙壁上，我们总在离开，经过胶泥板结和龟裂的荒地，凛冽星空照耀的沙漠，卡车驶向朝霞，驶向在公路中间聚集的野黄羊群，我们直视前方，一言不发，卡车载着我们，一言不发的我们，冲进我们目光所及的风景。

我们距离兰州八千里，六千里，五千里，四千里。

颜峻在中学读书，他说，他记得，有一天，在学校的图书室里，他发现了全套的文学杂志。书落到他手里，比什么都好。

他开始写诗。

而我们，我们流放的终点，是个名叫夏官营的小镇子。它在兰州的东边，距离兰州四十公里。

火车从那里驶过。火车把那个小镇子一分为二。夜里，我们听得见火车的声音，我想，总在想，火车上，有没有人能够想得到，在那漆黑的小镇子上，有个我这样的小孩存在？小镇子的风很大，吹过黑漆漆的、排列成行的小屋子，携带着无色无相的时间，要存储到另外的地方去。那些时间，是找不回来的，如果找回来，我懂得怎样辨别那段专属于我的时间，那时间有夏官营寒冷的腥味。

生活在那里开始变坏，父亲成为我们的命运。我们从来没有想过，这种命运可以反对，可以挣脱，从来不知道，在人与人之间，还有除了我和父亲的关系以外的，第二种关系。我们沉湎在这种关系，这种独一无二的关系里。这种感情因为没有来由而显得格外纯粹、刚烈，把我们捆绑在一起，让我们互相成为对方的重负，以便于我们更好地下沉，在下沉的晕眩里，我们感到习惯、满足，自弃的满足。

初中的学业结束，我的选择有两个，考上中专，或者，到母亲的商场里，当一个卖电器的营业员。我十三岁，不够十六岁，怎么办？可以改户口，改年龄。

我二十六岁的时候，我的朋友替我设想了当上卖电器的营业员之后的可能："你已经失业，在你们县上的兴隆市场开个服装摊子，没有生意的时候就和隔壁理发馆里的小姑娘打情骂俏。"

十三年前的选择，如果延续到今天，就是这样的结果。但是，生性懦弱的我，在十三岁的时候，做了第三个选择，我说我要上高中。

父亲说话的声音更大，比以前更加大，他获得了卡通片中人物的魔力，他走过的路发出轰轰的震颤，他说出的每一句话都足以令空气凝固、画面静止、心脏骤停。但没有一句咒语，一个愿望，可以破解这些。父亲逐渐成为我们的命运，除了承担这个属于我们的命运，我们别无他想。

时至今日，我还时常看见十二、十三、十四、十五、十六岁的我，我看见他因为打破一只壶而濒临绝望，在屋子里团团急转，恨不得屋子失火，地球毁灭，以掩饰这只被打破的壶。我看见妈妈冬天也穿着夏天的鞋。我希望自己能够有一架时光机器，能够让我回到过去，换那只壶，换那双鞋。不行，一万只壶，一万双鞋也不能弥补这些。

颜峻到西北师大读书，是一九九一年。

一九九一年，在复读的同学那里，我听说，有一所学校是不收学费的，我牢牢记住了这个学校的名字。一九九二年，我考上了这个学校。别人说，你还可以填几所别的学校。我没有填。这个学校不收学费，我只填了这个学校的名字。我来到了安宁。我们的学校，距离颜峻的学校五站路。

他曾经写过一篇关于诗歌成因的文章，那里面，他说到了安宁，他说 :“郊区的气氛滋养了写诗的心境。”我一直记得。

我觉得自己一直没有离开过安宁。

3 路车永远是空旷的，没有多少人乘坐，在这个城市的公共汽车都已经更换成最新的式样之后，3 路车也还是那样，车厢的地板是木头的。每次被清扫和洒了水之后，就有一种湿漉漉的尘土味道。坐在 3 路车上，总是希望它不要停，希望它永远这样摇摇晃晃，左右摆动，穿过桥北、桥南、十里店、师大、费家营、长风厂，最后到达刘家堡、崔家庄。

路边，尽是枝叶繁茂的槐树，松树，椿树。

有一年，夏天的雨后，坐在空空的 3 路车上，我看见了两道彩虹。

午睡醒来的时候，空气里有忽近忽远的各种声音，风里有干草的味道。

冬天，安宁的天好像早早就黑了，四五点钟，灯就亮起来了，街上人迹稀少。有人把落叶堆在一起烧，街上总有淡淡的烟雾。

现在，我距离安宁，有十年无法倒退的时光。

颜峻在安宁读大学，这个时候，音乐出现了。

“那时候我开着一个磁带店，颜峻经常到我们店里来买磁带，我们看他挺有意思的，就给他介绍音乐听。后来又带他认识别人，就这样把他带到这条路上来了。”我要周进告诉我一些颜峻以前的事，他这样说了。

然后，是兰州的海马歌舞厅。它在广场东口，一个溜冰场的上面，进进，还有别的乐手们，在那里演出，也在那里吃住。

“海马歌舞厅挺好的，还有住的地方，一个阁楼，好多人都去。那个时候，我们经常说的一句话是‘把这个醉鬼抬到沙发上去’，因为颜峻已经喝醉了，躺在床上”。

“他那时候还挺小的，真的像个学生。”

就在那里，他又认识了老眯、杨杨，还有好多喜欢音乐的朋友。

“那个时候，我们在海马玩，颜峻经常来，我们对他说，你去好好上学去。”这是老眯后来说的，那个时候，颜峻也在，当时，他的脸上突然出现一种奇怪的表情。为什么？我没有问。

一九九五年，颜峻成了《兰州晚报》的记者和编辑。

有一天，在他的版面上，出现一篇他的文章，写的是他在中学实习的事，那个一向以严肃面貌出现的重点中学，在他们离开之后，忽然出现了无数支乐队。他和他的同学们，发动了一场人心的暴动。

而看到文章的时候，我们正是在中学当实习老师。实习的最后一天，我的带班老师，忽然在办公室打骂学生，他的声音非常大，那几个孩子被他用力推搡，有一个，就这样撞到我身上。那几个孩子里，有一个，是我非常欣赏的，我曾经给他的作文一页纸的评语，我看见他不断看我，不断看我，非常尴尬。他第三次看我的时候，我忽然明白，他更在乎的是一个给他一页纸评语的老师看到这样的场面，因为那一页纸，我们有了默契和秘密。带班老师也许是知道这个秘密的，所以他大声呵斥着他们，非常大声，少年时候父亲让我经历的感受再一次到来，我尽力装作无动于衷，但是那支笔却不肯帮忙，一大滴血红的墨水滴到我正在批改的作业上。除了尽快离开，尽快到过道里去深呼吸，我没有别的办法。就在那天，在我的广播节目里，我念了颜峻的文章。

我记住了他的名字，记住了这个在人心中发动暴动的人，从此，我不断在报纸上搜寻他的名字，后来，我又看到他的文章，那篇文章写的是安徒生，那是一篇朴素的，充满了生之喜悦的文章。我也在广播里念了这篇文章。

然后，是一九九七年十月十九号，金城剧院里的双百酒吧。

他问我，你等得久吗？是啊，我等了很久。

我们走下楼梯，到了地下，进入一个大厅，灯光非常明亮，有一条长长的桌子，老眯和杨杨等在那里。

我想了很久，想怎样开口，我就问老眯："你为什么叫老眯呢？"

"因为我老眯着眼睛。"他笑了。显然，很多人问过这个问题，但他显然不介意再回答我一次。

他还告诉我，他也和我一样，是湖南湘乡人，也和颜峻还有我一样，住在旧大路。我们自称"旧大陆湘乡帮"。

一把吉他不知道什么时候出现在老眯手里，他们开始唱歌，开始是《Love Me Tender》，然后是《一块红布》，就这样一路唱了下去。他们时不时地改变口音，用兰州方言说话。晚一点的时候，强烈的音乐出现，他们去跳舞，很显然，大家都不会跳舞，颜峻就平平地伸出双手，学习僵尸跳。大家都笑了。

那些早年经历的形象已经模糊，那些声音已经沉寂，只剩余响，它们和那段时间一起，也已经被收藏，被搁置。等待有一天，在我们步入那条明亮的隧道，被突如其来的光芒照耀得无法睁眼的时候，成为从我们身边掠过的迷离潋滟的光影中的一部分。

去年的这个时候，我在一间酒吧见到了老眯，他没有什么变化，依然穿着棕色的鞋子，棕色的外衣，那好像是他最喜欢的颜色。他坐在舞台旁边，独自一人，等待开始演出，他的身边人来人往，他的身后人声喧哗，但因为他坐在那里，却都像是背景，他依然有那种让自己成为旋涡中心的能力，尽管他从来没有意识到这一点，也从来没有将它善加利用。

他向我们点头示意，没有再说话。

很快，演出开始了，他弹吉他、键盘，吹口琴、笛子，打鼓。他简直是万能的。

在那之后不久，我看到了颜峻写下的《七个兰州人》。有一段，我至今记得。他说，在一九九八年，在新音乐之春的演出没有能够举行之后，在他和老眯决裂之后，他“身无分文，眼泪几欲夺眶”。

我还记得老眯过去说过的那些话。他生长在安宁，他读的小学是十里店小学，他一直是个好学生，他家就在那个开满桃花的仁寿山对面，他曾经是那个厂子的工人。他家屋顶上糊着过去的报纸，他每天睡觉前都习惯性地看那些报纸，那些文革时候的报纸，他说，那个时候的文章真是好。

什么时候能够抹掉艰难世道带给我们的难堪，可以随心所欲地歌唱、欢笑、争执、原谅、重聚，等待一场春雷经过。

我记得第一次看到老眯的样子，是在乌鸦音乐专门店的门前，那是夏天，他的皮肤很黑，穿着白颜色的背心。

江南江北，还是有这样的少年横空出世，不断成长，穿着白背心，一样的健康和饱满，然后，任他们遇到什么人，任他们等待世道艰难，春雷滚滚。

我们已经过去了。我们随波逐浪，清水里照我们的好容颜，脏水就洗黑布鞋。

而一九九七年，我们不会预料到这些，也不会因为将来也许会分开，就有所保留。

时不时地，我走在入夜以后的街道上，按照颜峻给我的地址，寻找有他做演出的酒吧，是的，是这里了，门口聚集着穿着奇怪衣服的孩子，长发青年进进出出。在白天所见不到的美丽少年，在那个时候全部出现。

不知道怎么会有那么多人，为了接纳这些人，门口的帘子全部被卸掉，就连门扇也不知去了哪里。看完一场演出，我们互相嘲笑："又去给别人擦皮夹克了？"

颜峻怎样花言巧语说服了酒吧老板已经无从得知，他现在一定后悔得捶胸顿足。他一定在祈祷，在音箱全部烧坏之前，这些人全部离去。

然后，各种声音停止，好的，有人上场了。他弹起吉他，仅仅几个音符就让这些目的各异的人安静下来，然后，别的乐器加入进来，他们开始歌唱或者嘶吼。

在人群中间我看见颜峻，促成了这一切的他此时仿佛置身事外，那种奇怪的表情再次浮现在他的脸上。他成了另外一个人，一个我所不认识的人，入侵和占据了他身体的那个东西在那一刻逃逸了，一层坚冰隔在他和周围的人中间，即使是那些曾经触动了他，触动了每个人的音乐也不能打破这种阻隔，不能将他召回。

有人向他打招呼，他回来了。他微笑，打招呼，你来了？然后，他依旧是我们熟悉的那一个，整个晚上都是，他看着舞台上的演出，饶有兴味，脸上有时带着笑容。演出结束的时候，他被人们拉上台去合影，和大家一起露出笑容。

在兰州，他做了许多演出，包括崔健的兰州演唱会。在他离开兰州之后，他还曾经因为日本废墟乐队的演出回来过。应该还有很多，我已经记不住了。那些演出，已经繁华成了一片，一片繁华汇成的深白。

到现在也是，那些喜欢音乐的人谈起那些时间，就像是谈起了武林的繁华旧事。

一九九八年来了，VCD 时代开始了，我们的生活中忽然被电影充满，被颜峻带给我们看的电影充满。

经常聚会的地方，是我的住所。窗子外面就是马路，不到夜深人静的时候，车声不会减小。每经过一辆车，车灯都把窗格子打到屋顶上去，让屋子产生奇怪的移动的感觉。我们聚在一起，看颜峻带给我们的电影，《红》《白》《蓝》《重庆森林》《堕落天使》《神父》《幕后嫌疑犯》，荧幕上色彩变幻，把我们的脸映照得阴晴不定，有的时候，电影里的声音被车声掩盖，被公交车上报站名的女人声音掩盖，有的时候，车灯的光从窗子里射进来，让整个屏幕被光芒包围。

后来我再看到这些电影，都觉得缺少了一些东西，那是车声、人声、光芒，还有，我们。

兰州还是兰州，但它在我的眼中忽然变得不一样了，路灯更加迷离，更加绚丽，空气里充满支离破碎的、恍惚的情绪，即使是偶然听来的、片段的音乐也有了令人沉醉的力量。每一个日日重复的事件，每一个小小的动作，没有意义的话语，都忽然充满了灵魂。忽然之间，我被书写的愿望充满，只要有一个开头，一个词语，就足以让我写下去，没有停顿，没有休止，文字通向四面八方，被浩荡的风挟裹。至今，我也固执地认为，我所写下的最好的文字，都出自那一年，那些文字，不是我写的。那一年，我是个最好的天线，我只需要接收。

再也不会有那么带劲的一九九八年了。

看电影的人，开始有颜峻、老眯、杨杨，画画的陶，我，还有别人。后来，人在减少，到九九年，只剩下了颜峻和我。我们的脸被荧幕里的光芒映照得阴晴不定。

《鳗鱼》《少年落毒事件簿》《十二猴子》，还有很多。

在他离开之前，他说，“只有电影，让人心情舒畅”。

也是一九九八年，有一天，他说，我们到你那里去做饭吧。

我请了一个下午的假，用自行车去市场驮回两车菜。晚上，当他和他的朋友来的时候，他显然没有想到，要面对这么多的菜，他说，我去叫别的人。他下楼去打电话。然后，老眯唱着歌在楼道出现了，然后，是杨杨和陶，朋友一个接着一个。

我一直记得老眯唱歌出现的样子。

我们听着周璇的歌吃饭。

下雨了，我们跑步到颜峻在旧大路的家。看见他有那么多的书，我说，可以借吗？可以啊。

雨小了，带着他的书，《玫瑰之名》，还有许多关于电影的书，戴着他给我的送报工的红帽子离开了他的家。

在他朋友的家，我们关了灯讲鬼故事，讲小时候看过的卡通片。

再也不会有那样一个一九九八年了。

我时常对妈妈说起颜峻。她从没有见过他，但是她记住了他。有一天，我回家，妈妈问我，你最近见过颜峻吗？她不像别的妈妈，她不问我，工作是不是顺利，是不是被人器重。我说，你怎么会问到他呢？她说，我觉得写作是你最大的慰藉。她理所应当地，把颜峻和写作混为一谈。

妈妈在一九九九年去世，我没有流一滴眼泪。我想，对她来说，这应该被称作解脱。

在很长时间里，在我的梦里，她都以一种狞厉的形象出现。终于有一天，她留下的怨气被时间冲淡，在梦里，她不再是狞厉可怖的，她依然用她一贯温和的语气说话，当话语结束，她就平静地转身离去。

我回到我存身的世界里。

颜峻的朋友，逐渐也变成我的朋友，他们的朋友又成为我的朋友，我疯狂掠夺每个人的朋友，像个饿了很久的孩子。朋友以几何级数增长。我的世界一点一点展开。

杜维，诗人，也曾经组织乐队。我在颜峻的婚礼上认识了他。从那以后，他和别峰创办的非主流专卖店成为我经常停留的地方，在那里，我度过一个又一个下午。

从杜维那里，我认识了许多人，他的哥哥，画家杜元，我喜欢他画里的颜色，还有画家刘冲。还有写小说的蔡之岳，还有兰大电影协会的孩子们。任何一个人，来到非主流，要认识一些喜欢电影的朋友，别峰或者杜维会把我的电话给他。

张海龙，颜峻的同事，他称颜峻为“我的兄弟颜峻”。我很少买报纸，但张海龙主办的那张《新生活》周刊，我总是要买的，我甚至等不到九点钟，等不到这些报纸送到我的桌子上来，而是在早晨七点钟出门之后，就小跑着去买一张来。如果我出差，就要我的朋友替我留下来。

张海龙总是把他记者生涯里经历的事情讲给我们，这些经验对我们弥足珍贵。他告诉我们，来到报社上访的那些人是怎样的，他们看起来神智清楚，但又总是大声说，某某领导人刚跟他通过电话。还有他采访过的那些案件，那些不适宜登在报纸上的部分。他还告诉我们，有段时间，兰州的抢劫者有了新创意，他们拿着一只高压锅跟在目标身后，用高压锅当凶器。从此我再也不能容忍一个人拿着沉重的物件跟在我身后。

还有金延,还有王轶庶。还有颜峻告诉我的网站“北大新青年”，我在那里认识了很多朋友。那实在太多了，胡子、马雁、康赫、成婴、凌丁、流马、野狸红、燕窝、卢小狼，宋晖。

我爱他们。

也许，没有颜峻，也会有这一切，我也会慢慢走到这个属于我的世界中，但是，没有他，就不会有我所感受到的那种亲切感，那种有保而来的被信任。

还有郝，曾经和颜峻合作的书商。九九年六月底，在颜峻离开兰州的前一天晚上，他介绍我和郝认识，从那以后，我们开始合作，我开始为他的图书公司写文章。

第一次，是为颜峻写的书做后期资料工作，写出来，要用邮件发送，但是，没有人教我怎么发送。

那篇稿子，我发了十次。要么收不到，要么残缺，要么有乱码。十次才发送成功，我想，好了，没有下次了，没有人要和这样愚蠢的人合作。

但是，郝的电话来了，他说，我们需要一本关于电影音乐的书，你愿意写吗？我？我不行，你在开玩笑。你行的啊，一定行的。

一个月时间，我完成了那本小书，再一个月，我拿到图书公司的稿费。那相当于我一年的薪水。从那个时候开始，我知道，这个世界上，属于我的一份，绝不是四百一十一块两毛五。属于我的世界在一点一点展开。

一九九九年七月，颜峻离开了兰州。

他走了，属于我的世界正在显露真相。我开始四处游走和体验。

夜晚的刚察，钻石一样逼人的星空。

阳关林场碧绿晶莹的葡萄园。

银川的碧野里，吃草的羊群。

在甘南草原上，在野花盛开的草原上，我在草丛间慢慢躺下，我把脸靠近野花，它们竟然没有消失。

海边的晚上，大风吹得树叶整夜喧响，有人在港口放烟花。

春天的广州，羊蹄甲圆硕的花朵。

火车上交到的朋友。

在酒吧里我带领所有人唱歌。

我也看到 Nick Cave 讲述一个男人怎样谋杀一个女人。

克莉斯汀在 Cohen 的歌声里跳舞，她漫不经心。

朱丽叶特·比诺什和她的爱人在新桥上重逢。

就算生活就此结束，我也没有遗憾。我已经看过了，我再没有什么要看的了。

有的时候，我乘着 106，或者 103 路车，在这个城市到处漫游，车窗外面是碧绿的行道树，有风过的时候，树叶子就像绿色的急雨。我从没想过自己居然会如此幸福，每次回头看，都惊奇万分。

我也去过北京，去过他和乔颖的家。在秋天。火车穿过小半个中国，穿过宁夏、陕西、河北、内蒙古、河南，穿过荒山、草原、有金黄色树林的河滩，收割后的田野。列车上始终有音乐，有人在说话，有人在笑。

关于颜峻，我还知道些什么呢？

他的样子。

他的身高。他总是对我说，你又长高了，每次见到我都这样说。永远觉得我在长高的，只有我的家人，还有他。他们总觉得我还在成长之中。

他从小生长的地方。八里窑的部队大院。

他的安宁。我的安宁。请你想象安宁的林荫道，夏天午后，空气中野草的味道，培黎广场黄色的蔷薇，在夏天，像要爆炸，还有那几千几万亩果园。想起安宁，想起我离开了那里，我的心像被驴踹。

颜峻喜欢笑，从来都有个笑容在脸上，他笑起来不是很张扬的那种，只是呵呵的，非常温和的那种笑。

颜峻在生活里不是个好的演员，从来不是。当他听到别人说了蠢话，灵魂一下就从他的脸上撤退了，眼睛也不发光。即使在朋友面前，也是如此。

颜峻从来不问，你有事吗？或者，你来做什么？你什么时候走？

颜峻是喜聚不喜散的，尽管他常常抱怨说，找他的人太多。

颜峻有许多头衔。但是我从来不觉得他属于其中任何一项。他只要存在着，就是有价值的，他只需要负责他的存在。

颜峻总是重视别人的想法，即使这想法在别人看来荒诞不经，即使连提出这想法的人也是抱着随便说说的态度。有一群孩子在路上遇到颜峻，他们说，他们要成立一个乐队。他立刻忘记了他要走的路，他站在路边和他们讨论，怎样成立一个乐队。有人刚说要做一场演出，颜峻就伏在床沿上，为那个人写宣传稿。他总是加固别人的想法，他说，行动胜过一切。

颜峻给很多写信给他的人回信，复制磁带。那些信来自全国各地，千奇百怪，提出各种匪夷所思的问题，提出许多在他们看来理所应当的要求。颜峻一一回复。有一天，我在他家看见他一封接一封地给他们回信，一盒又一盒地复制磁带，我于是知道，当初给我的信也是这样产生的，而这些信，又将改变谁的生活呢？

颜峻说过的话，很多，我都记得。他说“郑智化是个不需要声音的歌者”“总有个地方会好一点”“音乐的意义在于帮助人改变看世界的方式”，我都记得。

现在要我一一回忆这些话语，总是徒劳。这些话总是在需要它的时候出现。

还有，经常地，他会说：“写吧。”

他写给我的信，我也记得。

“这是我最近写的，给你看看。”

“都收到了，这个是不是怨气太重？有一种狂野的气息，在你的文字里，有时候它又消失不见，被自我所囿。在细节上，它缠绵的时候是最有力的，但在你自己的心先沉浸在细小的地方时，它却也变小了。”

“昨天，在酒吧里，和很多朋友在一起。”

“有时候希望所有的朋友都在身边——北京。”

“我在努力地创造朋友。我曾经想，可能还有人像你一样，而我没有认识，那是多么遗憾。后来发现不是这样的，所以也就不再有遗憾。有时候我也疑心是自己不够平和。”

“你总算开始去认识一些人，我很高兴。”

“兰州的秋天来了，所以我去安宁多一点，坐在空空的3路车上，觉得中间的时光全都没有记忆，‘而痛苦的消失，我竟是如此不适应’。”

“想起你说的，安宁区的车和路，我一下子傻了，我也知道那些都没有了。但是人生不过如此，在24楼看落日的时候，家里的猫跑过来，我又有了冒险一样的感觉——除了安宁区的气味，我还有新的味道要闻到。所谓无限，就是这样，许多须弥山，许多芥菜籽，等人真的长大了，就要风得风，要雨得雨。”

“这是我的新电话。”

“知道了。”

“兰州最近演一个话剧，《兰州老街》，方言的，很有意思，我去看了两遍。”

“跟我多说说兰州。”

“不知道怎么样就走到了今天，有的时候回头看看，自己都万分惊奇。”

“最近我在想，写作增加了我们的存在，让我们活得更多。”

“前段时间受了点伤。”

“我刚回来，真是糟糕，出发前都没有看你的信，现在才知道你受了伤，希望现在已经好了。”

“我在写你。越写越长。最后的那部分，我写了兰州，和你有关的兰州的‘地点’。……正在下大雨，兰州就是这样，一下了雨，就有点像冬天，晚上走在路上，就想着早点回家。”

“我像是在潜水，虽然从来没有潜过。一下子忙了起来，一周时间，都是这样。压力带来亢奋的敏感，各种体验随时出现，我像以前，少年时候，双手盲目地招架和捕捉，突然地成长着。兰州，的确在我们的体内。”

“明天就去青海了。青海我是喜欢的，一想到那里秋天的样子，我就觉得自己已经在那里了。月底，也许去北京。”

“到北京给我打电话。”

“最近呢？在做些什么？”

“我刚印出了自己的诗集，一个十年的纪念，现在觉得总算是找到了自己的方式，所以过去的十年就这样总结一下，给自己一个交代好了。刚给你寄出去。突然发现已经快到九月了，秋天要来了。在闻到秋天的气味之前，我要写出今年最好的文字。”

“告诉我一些好的音乐吧，当然，不要太吵的。”

“Tom Waits 一定是要听的了，黑、老、沙哑、怪异。Mophine 跟他差不多，但爵士化一些，主唱后来死掉了。Leonard Cohen 是诗人兼歌手，越晚期越好，抒情，李皖说他的唱像在打呼噜。David Sylvian 要更艳丽凄美，更细腻和光影流动。还有 Black Tape For A Blue Girl，不过不一样了，更抽象，更纯粹。”

“你说的音乐我都找到了，Cohen 我真是喜欢。”

“……有好音乐听是幸福的，就怕像我最近这样，没心思和时间听。”

“给你看我画的画，和我拍的照片。”

“那些画，是你画的吗？照片和画，都像你的文字，好，但也许你并不能做一个摄影师，因为它们投射了你的感情、想象、凝固的时间里的沉默，并且太像文字了。”

“最近在做什么呢？”

“我从昆明回到北京后，写了大约两万五千字的东西，现在还在写，晚上又要去成都，回来还要赶新的稿子，像水龙头一样别人一拧我就往外流。不过最近写的都是很愿意写的题目，媒体也是有些喜欢的。”

“一直在听 Cohen，舍不得睡觉。还有什么适合我听的东西吗？”

“前一阵子我听自由爵士，不过好像有点太吵，不适合你，但我推荐一个网站，上面的网络电台实在是太好了，www.subborg.com，不知道兰州现在有没有宽带，下载起来速度如何，否则可以选一些随性播放、20世纪音乐错乱之类的主题来听，从实验噪音到京剧，包罗万象，很有意思。”

“张海龙的周刊是看到的版面里最好的。”

“不知道兰州的年轻人是否可以在张海龙、你们的带动下找到文化生活突破的方式和信心。实际上，要影响别人是很容易的事情，只要去做。我渴望有一天不再看到兰州的年轻人全是梦想者和演说家，痛苦压抑而从不行动，从不去爱和追求。”

“我搬了新家，条件比原来的地方好一些。”

“新年未必新气象，可我要是自己决定展开新气象，那也不是什么东西能够阻挡得了的。刚从昆明回来，一个月来在深圳音乐节和昆明音乐节耗费时间，听音乐，喝酒想心事，间或哭和熟睡。问候你一下。希望我们都更快地进步。“

“哈哈新年好。”

“《书》第三期已经全部编辑校对完毕，除了韩松落，所有作者稿件都已经编妥。现在还有一点时间可以更换你们的作品，如果有需要修改或更换的作品，请尽快发到我的邮箱来。”

“那我给你的稿子只能等到下次了真的是对不起。”

“那我还是等你。”

关于兰州，我又知道些什么呢？

三个县，五个区，人口三百多万。

黄河从城市中间穿过。

我还知道最好吃的牛肉面在哪里。

滨河路，它夏天柳树的姿态，鲜花的颜色。

出租车的起价。

每一条街道、巷子，每一个有趣的店铺。

我的朋友们。

还有，正月里是要闹社火的，以前是在大街上，现在是在隍庙。

春天是在二月底就来了，二月底，风里就会有河水解冻，野草生长的味道，即使是在城市的中心，也一样能够闻得到。

黑乌鸦成群成群地，在高高的天上飞过去。

二月，三月，沙尘暴就来了。

三月，杏花。四月，桃花就开了。要看桃花的人拥着挤着要到仁寿山去，看桃花。

夏天，秋天，一个季节一个季节地轮转着，和别处没有什么两样。

冬天？冬天就下雪。

所有的这些，我都记得。

我热爱这一切。

附录

草地之歌

草地之歌（一） 那些来了又走了的人

1　那些来过又走了的人，为万物命名。他们把那有着一节一节的根，枝上有着一片一片扁长的叶，到了秋天飘着白花的草，叫作芦苇；他们把那些一丛一丛蔓生着的，长着一节一节有疤痕的枝，到了秋天喷着红花的草，叫做红蓼。他们为一切命名，甚而为那难看的虫子命名。

那些来过又走了的人，他们从哪里来，他们又往哪里去？他们甚而没有留下一棵草，一片叶子，一只虫子，而使他们无名。

我走了一天才到达的旷野，满布着我熟识的草，水麦冬、茅香、冰草。在草丛里又生着结了果的黑枸杞、曼陀罗。这些草有了名字，就像是被人触摸过了，并且拈起一片叶子细看过了。是谁先已到达？我举目四望，并不见一件黑色的长袍，或是一条长长的缠头巾，也听不见话语，但我依旧感到大的恐慌。

那些来过又走了的人，去了哪里？他们甚而没有留下一桩未尽的事业，一块未曾到达的领地。只让我在这里无所事事。我的心像在羊角奶的汁液中浸过一样。

2　我坐在椅子上，双腿并拢，双脚也并拢，两手放在身边，或是在胸前交抱。他们的谈话并不吐露什么秘密，而我必须聆听，因为我要他们爱我。

我在旷野里行走，时而把一只手向前摆动，时而把两只手向前摆动。我躺在密生着穗子的草地上，并没有想到要遮掩我的身体。我们不说话，也不想到爱。

3　我听说十亩地才能养活一头奶牛，如果只有九亩半，奶牛的乳房就不够饱满，如果只有九亩，奶牛就缺少了一条后腿，或是大半个脊背。

十亩地的草有多少？

我曾去草地上割过草。方圆十几步的草地，生着密密的草，它们全都齐膝，它们是胖胖草，节节草，野大豆苗，它们多汁而鲜嫩。

黄昏的时候我们有了两大车草，我们坐在高高的草堆上。

草还会生长，一个月以后，草就又齐膝了，如果有雨水，就长得更快些。

那么要多少亩的草地，多少次的生长，才能构成我的身体？

如果少了一束草，我就可能少了一根手指，如果草长得慢些，我就不够容光焕发；我去旷野里的一次漫步，就可能需要一大片草一年的生长，我和我爱的人的一次拥抱，需要的草就更多些。

我看见过草是怎样生长，怎样掀开头顶上的一块石子或一堆牛粪。如果是在石缝里，他们还需要走更多的路。如果春天来得迟了些，或者一次突如其来的严寒，或者碰巧有一只喷着毒汁的虫子走过，草就有麻烦了，这样的偶然，可能发生很多次。

草还是长起来了，密密的，齐膝，成片，开花，种子落下。

黑色的，红色的，白色的，棕色的种子，还有黑中带红的种子。

扁平，滚圆，尖角，有刺，甚至还有茸毛。

我是这么一个剥削者吗？这种想法使我沮丧。

而我强横、刻毒，我还懂得怎样产生爱情，那需要很多的草。他们正以我不知道的方式生长，在黑夜里，生长是他们凄楚的爱情。

而我的身体还不够滋养一亩草地。

草地之歌（二） 月亮，你让光弥漫

1 不要在大风的天气里到草地上去吧。

风将把你的披肩吹掉，而那是我为你披上的。风也将钻进你的袍子里去，而那是我也没有钻进去过的。苍耳会钩到你的衣角和鞋子上，而将它们一一摘下的，也还是我啊，我不怕它们刺到我的手，只是在我弯腰的时候，我感觉到你心神游移，好像还在草地上停留徘徊。

2 月亮，你让光弥漫，照到这儿，照到那儿，干草垛，木头牛栏，晾着一双忘记收回的鞋的窗台，你都照到了，结着白痕的涝坝边的盐碱地，白花花的芦苇地，牛栏里刚饿醒的小牛，你也不曾忘记。月光啊，大片大片的，洒上平屋顶，洒上不冒烟的烟囱，月亮，你让人流泪。

你也照到流完泪的人脸上，刚从疼痛中睡去的人脸上，你把人照得脸色幽蓝或者青紫，像死了的人一样。你也想摄去熟睡的人的灵魂吧，像太阳白天收去地上的水汽一样，那你就做吧，尽管去做，不声不响地。

你也照到我的脸上吧，把我照得幽蓝或者青紫，像是死去的人一样，你尽管做吧，不声不响地。

3　月亮，你让光弥漫，你让大片大片的柔光，照着我的敌人。你用照过我的光，也照着他吧。

他已无力抵抗，你柔情的入侵，他已静静睡去，你用照着我的光，也照着他吧。

从来没有这么仔细地端详过他的面容，而现在他已无力抵抗，我冰凉的手指，认识着他的眉弓，鼻梁，在睡眠中微微颤动着的眼睑，时时咕哝着诅咒的嘴唇。

我感谢他成为我的敌人，成为在精神上让我感觉陌生的一种，而在夜间，我熟悉了他的躯体，满怀溺爱，像对我自己一样。我感谢他让我觉得陌生。

天亮之后，他知道他是我的敌人，他不知道我为什么在辩论的中间忽然停止，并且用嘴角微笑。

4　如果你不是和我同属一个种族，如果你不曾和谁有过契约，如果你不曾用芦苇叶子割破皮肤，也不懂得踩过草地而不留痕迹。

那你就不要追问我吧。

不要问我为什么黑夜里到旷野上去，也不要问我在清晨向谁膜拜。

5　那些来过又走了的人啊，你们去了哪里？我去墓地寻过了，那小小的土地承受不住几十个世纪的接纳。你们去了哪里？

为什么朝霞汹涌时充满了震怒？为什么风吹过芦苇丛时充满了低语？为什么我分开的草又在我身后合拢，使我迷路？

6　把你的灯挪开罢！仅仅让那苍白的芦苇，阴郁的森林在你的光芒里稍稍惊慌失措。我将独自分开他们急切扑来的手臂的林，在习惯的黑暗里他们尽情吐露秘密。

让你的面容在黑暗里稍一展现，你就离去罢！你侧转了你忧郁的脸庞，和我在镜子里看到的一样陌生。每一根线条，每一块由浅及深的阴影，我都将重温！

让生命之欢悦离我而去吧！包括友爱、温暖，而仅留我以充足的睡眠。让我双足赤裸，让我的足缝嵌满沙砾。在烟草气味弥漫、脏话和邪笑充溢的小酒馆，让他们为我的歌感动！并且有人追随我而出，望望起了风的白土路，茫然若失。

这一天天的行走把我一点点倒空，又一点点充满。而在雨后闪亮的湖泊、日落后长满芒草的山峦，你稍纵即逝的面容无处不在。

7　如何辨识一个好男人？

正如那国土狭小、土壤贫瘠的国家不会有史诗，也没有宏伟壮大的气魄，好男人不在有缺陷的身体里，不在苍白瘦削的四肢里，也不在憔悴无神的脸庞里，好男人必须在那丰润圆满的身体里，他高大、健壮，头部、四肢、躯干、骨盆，无一不美。

他热情，富有生命力，他的眼睛犀利，宛如鹰的，只一瞥就能让他的敌人禁声。

好男人在田地里、在练身场上长大，他懂得爱他的伙伴们，他们也爱他。他们齐心协力搬动沉重的麻袋，或是推动陷在胶泥里的大车。他们互相不可缺少。

他在拍动他伙伴的肩膀的时候，或是揽着伙伴的肩膀的时候，他是笑着的，他是美的。

他在转动头颅，摆动双臂，或是把身体的重心从一只脚转到另一只脚的时候，无一不美。

他在搬动麦捆，或是向着失火的房子奔跑的时候，或是扭转了身体，以便于更好地倾听别人的话语时，无一不美。他从别人手中接过铁锹，有力地舞动的时候，也是完美的。

他穿什么衣服也都遮掩不住他身体的美，他的皮肤是他最好的衣服。人们惊慕地看着他，想看到他裸体的样子，而忽略了那衣服。

他在悲苦的时候也并不痛哭，他只是大声喊出来，或是把头埋在两膝之间去。

或是向着一支苇笛倾吐。

他走在路上，看见提着重物的妇女，不论是否与那人熟识，他都把东西接过。

即使是最柔弱而多疑的妇女，也愿意相信他。

这样的男人绝非练习可以成就。

他在孩提时候就显示出他天赐的品质来，他在孩子们中间是领袖，谁都愿意听从他。

他的父亲和兄长，也必是富有男子气概的。

在他父兄身上，显示出他的将来。

好男人啊，我但愿从幼年就追随你，学习转动头颅，摆动双臂，或是把身体的重心从一只脚转到另一只脚上，并且把邻人家投错了栏的羔羊送回去。

我但愿我在孩子们中间是领袖，在冒险的时候我是提议者，在受罚的时候我是承担者。

我但愿我是你。

我也但愿我的儿子因追随我而骄傲。

草地之歌（三） 紫花地丁

紫花地丁

那个借住在我们小镇的小伙子，开朗又幽默。

他说话的时候，小胡子微微地跳着。最活泼的人，也没有他那样生气勃勃，最忧郁的人，也会因着他的笑话发笑呢。

他不笑的时候也像是在笑着。

他面容黝黑，双臂有刺青。

他的脚踝瘦硬，走在路上，裤腿空荡荡的。

这借住在小镇的小伙子，每个黄昏，总是坐在宽大的窗台上，唱忧伤的歌。

他的双臂抱在胸前，眼睛望向很远的地方。

他的双腿是伸直的，贴在石头砌成的窗沿上。

他的刺青是静静地伏在他的手臂上。

“在那高高的山岗上，紫花地丁啊盛开了，紫花地丁凋谢了，落在高高的山岗上。”

就是这么四句。

远处走夜路的人也学会了这四句，放水的人也学会了这四句，远远地像回声似的跟着唱："落在高高的山岗上。"

紫花地丁是什么?

"它生在荒地，根系最强大，它全草可入药，春季来采挖，如果遇脓肿，用它配上一两板兰根，五钱金银花，水煎来服下，如果手指肿痛，用它配上一两野菊花，水煎来服下。如果心绪烦躁，黄疸又高热，有它就不怕。"

"它花开在秋夏，种子深藏在果荚，它落地生根，它处可生花，芳菲传天涯。"

这借住在我们小镇的小伙子，准备要离开。

"你要去哪里？为何不留下？"

"汽车坐五天，火车坐两天，行李已收好，明天就出发。""我落地就有兄弟，随处都是家。"

"好好的啊！"随后我沉默，再也不说话。

"一个人过惯啦，什么也不怕。"

春天的风，秋天的月亮。

冬天的草地上，

人们举着火把，脚步杂沓，他们奔跑欢呼，影子像卧在地上的大黑狗，一会窜出去，一会儿拴住了。

我不去放野火，也不把鞋踩在黑灰上，放野火的人里不见他，月亮起来，也没有人歌唱。

我就自己唱："在那高高的山岗上，紫花地丁啊盛开了，紫花地丁凋谢了，落在高高的山岗上。"

我的手臂是抱在胸前，眼睛看着遥远的地方。

我的双腿是伸直的，贴在窗沿上。

"落在高高的山岗上。"

青草

我会带着我的诗歌，重返故乡，故乡早已没有我的亲人，故乡只有青草。

青草的种子静静地埋在泥土里（薄雪草，紫茎泽兰，野亚麻）。

青草的种子静静地萌芽（蓝花茶，薄叶黄芩，犁头草）。

青草静静地长出叶子（醋柳的叶子，野苜蓿的叶子，棉茵陈的叶子，旱麦蒿子的叶子）。

青草静静地开花（马蔺草的花朵有着喜人的蓝紫，火绒草的花刷在手心总是酥痒，从六月到八月，绵枣儿始终开着粉紫色的花）。

青草静静地结籽，

青草的种子静静地落在大地上。

青草耐心地，一棵一棵地长满大地（长满蒿草的山岗满是苍绿，蒿草开花时又变作灰白，秋天来临又呈现红紫，被紫花地丁覆盖的山岗一片墨绿）。

而我不过是刚从远方归来，除了诗歌，双手空空，我放心地把手背翻到手心，或是把手指向着手心蜷曲，也不担心掉落什么，也不担心把什么捏碎。

我两手空空望着青草地。

那时候注定是春天，山岗上静静地落着雨，散落在长满青草的大地上的白房子，像一只只静静吃草的羊。

我的兄弟，我的冤家

我的兄弟，我的冤家，时隔多年，我在夜里骤然梦到你。

我们一如当年，你黝黑茁壮，我精瘦柔韧，我们两个小伙子，并肩行走，在草场里推倒对方，随后大笑跑开。

我的兄弟，我的冤家，二十载悠悠年华，我从未忘却，那被我们称为“核桃溪岁月”的珍贵时光。

我的兄弟，我的冤家，二十载悠悠年华，我们从未像昨天夜里这样谈到自己，这样亲切，这样心清目明，我的手臂是在你的胸膛上，你的手臂是在我的脖颈下。

我们的呼吸是打在对方的脸上。

天明时候，你的背影好像还是挡在窗前。

我的兄弟，我的凶手，你背弃盟约，将自己谋杀。那一天，“她从我身旁走过，带着一绺你的头发”。

草地情歌

我如果背叛你，就像左手对右手的背叛。

我要转身离开，双腿却不能挪动，我将拥抱别人，手臂却不能伸展。

我伸手去触那野果，野果迅即变黑、坠落。

我俯身饮那泉水，泉水迅即干枯。

我是赤着脚，我的路生着野棘。

我用带着伤口的双手捧盐，伤口也不痛。

我点灯，灯也不亮。

我的路像是在暗夜里，睁大双眼也像是失明。

而你是我的泉，我的果实，我的鞋，我的盐，我另一只手的纹络，我心神灌注的活偶。我能感知你，如同左眼感知右眼，无论是否互相看见。你是我亲密之中的亲密，甜蜜提炼的甜蜜，你逾越我就不是逾越禁忌，你杀害我如同杀害孤独。而在日落后芒草耸立的山岗，你俯瞰的脸逐渐漫湮，在漫无边际的黑暗。

种子不死

草枯黄的时候，他们说："草枯了，那就是草死了。"

草被割下的时候，他们说："草被割断了，那就是草死了。"

我暗想："你们不知道。"

果实被摘下的时候，他们说："果子被摘离了树枝，那就是果子死了。"

果实腐烂的时候，他们说："果子腐烂了，那就是果子死了。"

我暗想："你们不知道。"

那个人安静地睡去，他们说："他再也不会醒来，那就是他死了。"

我暗想："你们不知道。"

春天再来到草地的时候，我在草地上，寻找我熟识的那棵草。

我甚而在你的脸上寻找那棵草。

午后

开满白花的枸杞，弯曲着它的枝条，把枝条浸在密林间的河水里。

水面上因此有了小小的波纹。

我把手臂弯曲着，伸向河流，我的手指触着河水，水面上有了小小的波纹。

整个下午，我保持着这样的动作，整个午后，我不曾离开。

我的心里确是欢喜的，宁静又欢喜。

我的手指也是愉悦的，直到黄昏，它还有着微微的晕眩，微微的湿润。

草地之歌（四） 陶工故事

长方脸的中年男人：我们是踩着草茬子来的，我们的双手暴露在外，冻得干皲，我们到这里，就只是为了羊群需要看护吗？它们自己吃草，它们有自己的皮大衣，我们围着火堆而坐，如何消遣漫漫长夜？

长着小胡子的男人大笑着：你的身躯曾经像白杨树干一样挺拔，但时光的重负让你垂下你骄傲的头颅。如今你还要用你这冗长的开场白偷走我们的耐心，让我们在牙齿脱落、把乌鸦看作信使的时候再唱我们的情歌吗？

中年男人：我不责怪你的莽撞，要是二十年前，我会和你一样不知尊敬长者呢，而现今我宽容、忍耐，看，这才是时光威力之所在。要说情歌，我和你一样着迷于押韵和比喻，我也同样醉心于音节长短的变化和用元音抒情，衰老和热情并非水火不容。

小胡子：我只是想用激烈的语言激起你的好胜之心，我们都知道你的歌犹如羊奶酒的醇香，啊，我没有恶意，若是你这样明智，不肯走进我的圈套，那就让我先来开口，灵芝前面总是长着野草。

我的女人为我生了三个，
两个男的，一个女的。

但我回报她的却是棍棒，
外加谩骂，将她心伤。

她不想再挨我的打了，
安安静静，从此睡着。

我在她坟上栽了一棵丁香，
洁白芬芳，像她脸庞，
又像她的善良。

我新娶的妻子比不上她呢，
她性子暴烈，像匹野马。

我种下的李子树轮到我吃苦果子了，
我施下的恶行报应到我身上了。

只是那像羔羊一样温顺洁白的，
我的孩子们，从此无法再喊妈妈。

中年男人：你的经历总是在人群中一再重复，只是人们不懂得拿别人的故事做明镜照照自己，你言辞恳切，你真心悔过，你的孩子们仍然是有福的。

脸色阴郁的年轻人：别人的遭遇比不上我的，就好像平原上的风再猛也比不上风口的风。

我的姑娘跟着人走了，
我的心碎了。
我天天拿着我的英吉沙匕首，
看了又看。

中年男人：神教给人们铸造利器是要人们造福的，沾了自己同类的血的刀子，同样会沾上自己的血。

脸色阴郁的小伙子：我的痛苦没有在对方心里唤起同样深沉的感情，我的心没有办法越过她而飞向其他的事物，而这些她全不理会。

以前我爱她像麦地里的麦粒一样多，
现在我恨她也像麦地里的麦粒一样。

脸色红润的胖男人：我不知道这篝火的红光是不是暴露了我内心的秘密。我的经历总之是奇妙难言，遭到不幸的人看到我这样幸福要忌恨我呢，生活平淡无奇的人也要忌妒我呢！

你是一轮明月，
你从哪边看都是一轮明月。

你从前面看是一轮明月，
你从后面看也是一轮明月，
你从左面看是一轮明月，
你从右面看是一轮明月。

喝一口水也会想到你
吃一口干粮也会想到你，
呼一口气也会想到你，
我的，我的，
我美丽的塔里木之月。

小胡子：从前我和你唱过一样热烈的情歌呢，只是生了三个孩子的明月就不被人当作明月了。

胖男人：

白杨树戈壁滩上也长着呢，
白杨树昆仑山下也长着呢，
白杨树玉龙喀什河边也长着呢，
白杨树我们农场也长着呢。

风吹倒了戈壁滩上的白杨树，
风吹倒了昆仑山下的白杨树，
风把玉龙喀什河边的白杨树也吹倒了，
我们农场的白杨树还挺立着呢。

中年男人：世上的果树都不结果子了，我们农场的果树还丰收着呢，世上的人都不相信爱情了，我们草地上的人还为春天来了，脱掉长袍，唱歌跳舞呢，赞美春天，也祝福你，也祝福你；也祝福你：陌生人。

接受我的祝福吧，吹过你的风也吹到我了，照亮你的火焰也照亮我了。在同一堆红柳根烧起来的火旁边坐过了，我们就是兄弟了，兄弟，伸出你的手来吧，我也伸出我的，没有什么不干净的意思呢，我的手里没有藏着带毒的刀子。

胖男人：这样就好了，这样就好了，往火里再加些红柳枝，来，把最大的那一枝拿来，让它被烧得吱吱响吧，让它被烧得掉油吧，为这神圣的，神圣的手的奇妙的接触，让火烧得掉油吧，吱吱响吧。

小铁：把我们的、按过自己胸口的手握着了。没有什么，比这拿过砍土曼的、搓过麦子粒的、抱过红柳枝的手相握更为欢乐的了。让我们把最为柔软的手心贴在一起吧，让我们生命的纹路互相交错覆盖着吧。

一颗星星呀——朝南落，
一朵呀玫瑰你领子边上别上吧。

天黑了就把它悄悄地戴上吧，
天亮了以后怕人笑话就摘掉吧。

花香着就把它好好地带着吧，

花枯了以后你就把它摘掉吧。

中年男人：看到你身边的这个孩子呢，他钻在你的皮大衣里，只露出一双亮晶晶的眼睛。你是他父亲？不，你太年轻，你是他的兄长？你们的身世叫人猜想。

小铁：为我们祝福过了就不要再问我们的遭遇吧，这个世界上伤心的事比芦苇还多呢，虽说是说出真相犹如拉开水闸，放出清水，赢得眼泪犹如春来雪化，但又何苦让叹息搅扰了这片刻难得的欢娱？各自的悲伤，还是各自背负吧，犹如行走大地，背负召示命运的星辰。

中年男人：说得好！说出真理犹如骑马射箭！说起悲伤的故事，我这里倒正有一个，不过那是古人的，和我们的欢娱全不相干。

小胡子：我的野草没有白扔呢！

年轻人：要把我打动才算得上精彩呢！

胖男人：再添些红柳枝吧，再让火烧得响些吧！

中年男人：把装着酒的铁壶给我吧！（摇一摇）兄弟们，你们只知道温柔的脸庞和清脆的话语，如今让我来讲一个陶工的故事，他的一生全然没有这些温情的抚慰呢！

他的额头平坦，光洁；
他的双眼明亮，清澈。
而奇异的火焰，金属的光泽，
在他的眼底隐现，
像金黄色的贝往深海里坠，
像动荡的波光倏忽不见。

但他在凝视着我的时候，
却是用了温善的眼光，
收敛了一切奇厉的锋芒。

他的鼻子挺直，俊朗，
他用它来寻找水源，
分辨各种青草的香。
他的舌头用来倾吐他的思想，
而不只是品尝。
他令人不安的大笑，
在我们的草原上传说至今。
而他在和我交谈的时候，
却是用了低而温厚的声音，
像夜色安抚下幽幽的浪。

他的双腿健壮、修长；
他的步子坚定，倔强。
他分开野蒿，红蓼，
他踏过芦苇的硬茬，结冰的湖塘，
直到没有一物将他阻挡，
他方才静静站立，向着他的方向。
紫色的，沼地的雾气升起，
寒冷的星空，在我们头顶移动。

他的双臂有力，骨节粗大，
凸起的血管如攀援的青藤。
他的双手温暖，湿润，
黄褐的皮肤上布满横纵的乱纹。
而混着火山灰的，混着千万年草木灰的泥土，
在他手下旋转，在他手下成型，
像海底的兽卷起的旋涡，
像冷酷的宇宙不动声色地运转。
但他在爱抚着我的时候，
却是充满了赞叹和激赏，
跟随着所有幽微的起伏。

他的世界布满不安的魅影，
他的心头充满奇异的形象，
暴突的眼睛，漠然的脸庞，
在他的手底不断地涌现。
每月的十五，三十，
他带着他的创造到集市去，
像传说中的强盗背着一口袋鼓鼓的人头一样。
经过方石砌的城廓，阴郁的行刑台，
他异教徒一样的面孔教人恐慌。
而到了夜晚，他独自归来，
带回来盐块，食粮，
和够用十五天的沉默和冥想。

他的心头充满奇异的形象，
他的世界满布着不安的魅影。
那天夜里，他突然醒来，全身都因创造的渴望而疯狂。
他忽而放声大笑，
忽而掩面痛哭，像孩子一样。
宇宙间最为悲惨的形象已在他心中成型，
他注定要自焚在他头顶最亮的星星之下。

他的告诫明晰，严厉，
他的命令极为冷酷，不容反抗。
他居住的石屋从此禁闭，
空中经过的飞鸟也会无端坠落。
直到有一夜，我看见陶窑的烟火重又燃起，
他站在窑旁，搓着双手，
像个等待赞扬的孩子一样。
我披散头发，毁坏面容，
我赤足行走，鲜血奔涌。
命定的墓碑已然为我定做，
他坚如磐石，绝不动容。

大雪封死了山路，
天蝎座和人马座占据了天空。
肮脏的眼泪，骇人的抽搐，
将他的面容改变，

紧攥的双拳，发白的骨节，
表明他时时想将我成全。
我已将木柴推下了山崖，窑中的火光渐渐微弱。
——“肉体，灵魂都不能助我将你赢得，
那就让死亡帮我把你独占，
宽敞的墓穴任由你我同枕共眠！”

“你要记住你每夜的梦，
你要记住你酒醉后的每句话！”
他温厚的声音舔食着我也已因绝望，
狂乱，心智迷失而变得铁硬的心。
转身打开窑门，他纵身跃入，
只见红光一闪，他将自己埋葬！

图书在版编目（CIP）数据

我口袋里的星辰如沙砾 / 韩松落著 . — 北京 : 北京十月文艺出版社，2017.5

ISBN 978-7-5302-1686-6

Ⅰ . ①我… Ⅱ . ①韩… Ⅲ . ①散文集—中国—当代
Ⅳ . ① I267

中国版本图书馆 CIP 数据核字（2017）第 082536

我口袋里的星辰如沙砾
WO KOUDAILI DE XINGCHEN RUSHALI
韩松落 著

出　　版　北京出版集团公司
　　　　　北京十月文艺出版社
地　　址　北京北三环中路 6 号
邮　　编　100120
网　　址　www.bph.com.cn
发　　行　新经典发行有限公司
　　　　　电话 (010)68423599
经　　销　新华书店
印　　刷　北京国彩印刷有限公司
版　　次　2017 年 5 月第 1 版
　　　　　2017 年 5 月第 1 次印刷
开　　本　890 毫米 ×1240 毫米　1/32
印　　张　9.125
字　　数　150 千字
书　　号　ISBN 978-7-5302-1686-6
定　　价　39.00 元
质量监督电话　010-58572393
如有印装质量问题，由本社负责调换